第一章　米津家《よねづ》

元和《げんな》四年（一六一八）秋。与力《よりき》の倉田甚四郎《くらたじんしろう》と同心《どうしん》の本宮長兵衛《もとみやちょうべえ》、それに柏尾《かしお》の佐平次《さへいじ》と浅草《あさくさ》の正蔵《しょうぞう》の四人は翌朝、暗いうちに左女牛小路《さめごいこうじ》の旅籠《はたご》を出て近江草津《おうみくさつ》に向かった。

東海道《とうかいどう》に出て戸塚《とつか》宿の柏尾追分に急ぐ。佐平治の妻のお芳《よし》と赤ん坊の無事を確かめなければ何も始まらない。

盗賊の飛猿《とびざる》と思《おぼ》しき伊那谷《いなだに》の朝太郎《あさたろう》と雨太郎《あめたろう》親子を追う四人は、逆に盗賊の仲間に尾《つ》けられ、お芳と赤ん坊を人質に脅され追跡を断念させられた。

倉田甚四郎の悔しさは尋常《じんじょう》ではなかった。

お芳と赤ん坊をどこかに隠すべきだったと思うが、まるで筒抜けのようにすべてを調べ上げているあの男の一味は恐怖だ。

いずれ、仕事をしに江戸に現れると甚四郎は確信する。その時こそ勝負だ。

四人は急ぎに急いでお芳の住む柏尾まで戻ってきた。

予定よりも早い四人の帰りに、お芳は驚いている。

「お芳、何もなかったか？」

「ええ、何も……」

「誰か訪ねてこなかったか？」

「誰も来ませんけど……」

佐平次はようやく安堵《あんど》した。

甚四郎は騙《だま》されたかとも思うが、お芳と赤ん坊が知らない間に、見張られていたことも考えられる。それぐらいのことはする連中だと思う。

お芳が怖い思いをしなかったことはよかった。

四人は侮《あなど》れない敵だと考えた。

甚四郎と長兵衛はお芳と赤ん坊の無事を確かめて奉行所に戻る。正蔵も奉行所に寄って、北町奉行の米津勘兵衛《よねづかんべえ》に挨拶《あいさつ》してから浅草に帰る。

「その男は何者かわからないのか？」

「はい、佐平次も全く心当たりがないそうで……」

「そこまで調べているということは、江戸で仕事をするということだな？」

「そのように思います」

「油断のできない奴《やつ》らだ。江戸で仕掛けているかもしれない？」

「はい、得体《えたい》のしれない者たちで……」

「半左衛門《はんざえもん》、夜の見廻《みまわ》りを厳重にしてくれ……」

「承知いたしました」

「その男の言葉から朝太郎の手口とは思えないが、ただ、雨太郎ではないとは言っていない」

「お奉行は、朝太郎ではなく息子の雨太郎だと？」

「こうは考えられないか、木曽屋忠左衛門《きそやちゆうざえもん》に入った盗賊は朝太郎、これから仕事をするのが雨太郎……」

「お奉行は、朝太郎が生きていると言われますか？」

「わしは高遠城《たかとおじよう》下のお留《とめ》と丑松《うしまつ》の言葉が気になる。朝太郎が死んだと断定しないのは、生きていると思いたいからだと思ったがそうではない。生きているからだ。それも朝太郎が大盗賊だと知っているが、自分たちも少なからず恩恵にあずかっていた」

「するとお留と丑松は朝太郎の子分？」

「そうかもしれない。あるいは、雨太郎と両方の子分かもしれない」

「あの婆《ばあ》さん、両方を知っていた……」

「丑松は朝太郎の子かもしれないな」

「お奉行、もう一度高遠へ！」

「長兵衛、今頃、お留と丑松は高遠にはいないだろう」

「クソッ、あの婆《ばばあ》がッ！」

「長兵衛、その婆さんは伊那谷の守り神だ」

「守り神？」

「おそらく、朝太郎は貧しい伊那谷のために仕事をしたのかもしれない。その朝太郎を守ってきたのがお留なのだ」

「それではあの婆が朝太郎の？」

「妻か妾《めかけ》か、そんなところだろう……」

「四人ともそれを見破れなかった。クソッ！」

「長兵衛、女は剣と同じだ。修行が大切だぞ。お鈴《すず》のことだ」

「はい、わかりました」

「甚四郎、そういうことだ。当たらずとも遠からずだろう」

「はッ、不甲斐《ふがい》ないことで申し訳ございません」

「雨太郎を見逃すな……」

「はい、肝《きも》に銘《めい》じて！」

「正蔵、ご苦労だった」

「お役に立ちませんで……」

「そんなことはない。どうだ。佐平次はまだ狙《ねら》われるか？」

「はい、動けばそうなるかもしれません」

「雨太郎だと思うか？」

「思います。お奉行さまの申される通りかと存じます。朝太郎の一味と雨太郎の一味と二組あるように思います」

「そうか、二組か？」

「おそらく、朝太郎の一味が分かれたものと思います」

「息子のために朝太郎が一味を割った？」

「はい、年寄り組と若い衆組に……」

「そうか……」

「木曽屋の仕事は、年寄り組で最後の仕事……」

「隠居したか？」

「はい、残ったのは雨太郎の若い衆組ではないかと思います」

「いい勘だな。どこでそう思った？」

「六条河原《ろくじょうがわら》です」

勘兵衛は飛猿が二組あるという正蔵の考えはおもしろいと思った。それぐらいのことは朝太郎なら考えるはずだ。むしろ三組あるかもしれないと思う。

丑松も一味を持っていて四人を追わせた。

朝太郎、雨太郎、丑松は一本の糸だと思えばすべてが腑《ふ》に落ちる。

それにしても、倉田甚四郎と二代目のことまですべて知っていたとは、伊那谷の朝太郎の恐ろしいまでの網の目だ。

「半左衛門、雨太郎であれば、木曽屋と同じような大店《おおだな》を狙うのではないか？」

「そのように思います」

「そのあたりを当たってみることだな」

「はッ、畏《かしこ》まりました」

与力の長野《ながの》半左衛門は見廻り強化の準備にかかった。今のところ、その程度のことしかできない。

これまで、何もわからなかった飛猿のことが、ここまで浮かび上がってきたのだから佐平次の手柄だ。その佐平次の妻子を危険に晒《さら》すことはできない。

甚四郎の判断は正しい。

勘兵衛は敗北とは考えずにそう評価した。

その勘兵衛が数日後、登城した時にいつものように土井利勝《どいとしかつ》に呼ばれた。

「ご老中《ろうじゅう》に先日お願いいたしました儀《ぎ》にございますが？」

「おう、そうであった。三河《みかわ》への墓参《ぼさん》のことであったな？」

「はい……」

「暮れには戻ってくるということだが？」

「はい、そのように考えております」

「ならばよかろう」

「恐れ入ります」

勘兵衛は徳川家康《とくがわいえやす》に「江戸を頼むぞ」と言われ、北町奉行に就任して十五年もの間、三河への墓参をしていなかった。

そのことを喜与《きよ》に指摘された。

忙しかったとは言い訳にならない。先祖を敬《うやま》うことは人の道である。

勘兵衛は北町奉行になって初めて、老中土井利勝に私《わたくしごと》事でのわがままを願い出た。それが墓参だった。

奉行所には信頼できる望月宇三郎《もちづきうさぶろう》と半左衛門がいる。心配はない。

勘兵衛は二十日間ほどの墓参を考えていた。

米津家は西三河の碧海《へきかい》郡米津《よねづ》村が本貫《ほんがん》の地である。

岡崎城《おかざきじょう》に近く、南西に三里（約一二キロ）あまり矢作川《やはぎがわ》沿いに下ると、その北岸に米津村はあり、海にも近く尾張《おわり》にも近い豊饒《ほうじょう》の地であった。

米津勝信《かつのぶ》には常春《つねはる》と政信《まさのぶ》という子がいた。嫡男常春は徳川十六神将《しんしょう》の一人と言われる豪傑で、家康の父広忠《ひろただ》に仕え、後に家康に仕えたが、慶長十七年（一六一二）に八十九歳の長寿で没《ぼっ》している。

その常春の嫡男正勝《まさかつ》は慶長十六年（一六一一）には、板倉勝重《いたくらかつしげ》と京の山城国《やましろのくに》を検地するなど健在だったが、大久保長安《おおくぼながやす》と非常に親しかったことが災《わざわ》いした。

慶長十八年（一六一三）四月二十五日に大久保長安が死去すると、本多正信《ほんだまさのぶ》はいきなり長安は不正蓄財《ちくざい》をしていたと言い立て、大阪の陣の戦費欲しさに百万両を没収する。

生きているうちは何も言わず、幕府最大の実力者である長安が亡くなると、政敵大久保一族を滅ぼそうと本多正信、正純《まさずみ》親子が動き出した。

それが大久保事件の本質だった。

長安の息子七人が皆殺しにされ、その関係者は言いがかりをつけられてすべて処分された。

その一人が米津正勝だった。

事件の翌月、慶長十八年五月に摂津《せっつ》芥川村《あくたがわむら》で、正勝の家臣が不正を行ったと決めつけられ、五月二日には検地奉行を解任され、四国阿波《あわ》に配流《はいる》になった。

あっという間の出来事だった。

その上、翌慶長十九年（一六一四）二月二十二日に正勝は斬罪にされ、武家としての切腹すらさせなかった。

正勝が長安と親しく、大久保家とも近かったため、長安事件の連座の処罰であったと噂《うわさ》された。ここに米津本家は改易となり断絶する。

この十六神将の家を強引に潰《つぶ》した本多正信や正純に反感を持ち、将軍や土井利勝などの将軍側近たちは、今も老中の座にいる正純に不満を募らせていた。

その正純と並ぶ実力をつけてきたのが、家康の落胤《らくいん》ともいわれる土井利勝だった。

そんな中での勘兵衛の三河米津村への墓参だった。

本多正純が不愉快になることだ。

勘兵衛はその正勝とは従兄弟《いとこ》である。

常春の弟政信が勘兵衛の父親だが、元亀《げんき》三年（一五七二）十月武田信玄《たけだしんげん》が上洛《じょうらく》のため甲斐《かい》から遠江《とおとうみ》に南下してくると、その上洛を阻止するため織田信長《おだのぶなが》と家康は信玄と激突する。

信長は近江の浅井《あざい》と越前《えちぜん》の朝倉《あさくら》攻撃に手を取られ、信玄との戦いに手が回らないため、家康は一人で、三万の武田軍に信長が派遣してきた三千の織田軍と、八千の徳川軍で戦わなければならなくなった。

それは、家康が生涯で二度しかない、馬印《うまじるし》を踏み潰される屈辱《くつじょく》の戦いで、九死に一生、家臣の夏目吉信《なつめよしのぶ》や鈴木久三郎《すずききゅうざぶろう》を身代わりに生き延びた三方ケ原《みかたがはら》の戦いだ。

この時、勘兵衛の父米津政信は討死《うちじに》する。

その政信の三男勘兵衛田政《ただまさ》が十一歳の時だった。

以来、勘兵衛は家康の小姓《こしょう》に上がって、兄康勝《やすかつ》に励《はげ》まされながら、家康と共に戦場に臨《のぞ》んできた。

家康は、その勘兵衛の秀才ぶりを愛したのだ。

初代北町奉行に勘兵衛を抜擢《ばってき》したのは、家康の生涯でただ一度の無謀な戦いで死なせてしまった政信への思いがあったのかもしれない。

それは家康にしかわからないことだ。

勘兵衛の兄康勝は旗本である。

不運の続いた米津家だったが、勘兵衛の息子田盛《ただもり》三歳がやがて成長して大番《おおばん》頭《がしら》に就任、大阪定番《じょうばん》となり河内《かわち》に一万石を加増され、父勘兵衛の五千石と合わせて一万五千石の大名出羽守《でわのかみ》になる。

幼くして父と分かれることになる田盛は、多摩前沢村《たままえざわむら》（後の東久留米市《ひがしくるめ》）に米《べい》津寺《しんじ》を建立《こんりゅう》して、深く尊敬し愛する父勘兵衛の菩提所《ぼだいしょ》とする。

勘兵衛は奉行所を宇三郎と半左衛門に任せ、剣客《けんかく》青木藤九郎《あおきとうくろう》一人を連れて墓参に旅立った。

五千石の大身旗本《たいしんはたもと》としても北町奉行としても不用心である。

江戸城への登城と同じように、二十五人から三十人の行列にするべき格式なのだが、生涯で一度の気ままな旅をしたいと思った。

土井利勝に聞こえれば「いい歳《とし》をして、餓鬼《がき》わらしでもあるまいに勝手が過ぎる！」と、旅を取り消されたり、不始末であると咎《とが》められても仕方がない。

老中に次ぐ身分の北町奉行の職責は重く、一人歩きが許されるような軽薄《けいはく》な身分ではないのである。

必ず、身分相応の供揃《ともぞろ》えがなければ出歩くことは許されない。

もし、万一にも事故が起きた時は言い訳できず、お家は取り潰し「士道不覚《しどうふかく》悟《ご》」と言われかねない危険な振《ふ》る舞《ま》いだ。

そんなことは百も承知の勘兵衛だ。その勘兵衛を守るただ一人の護衛、青木藤九郎の責任は重い。その剣客は守り切る自信はある。

主従二人がひっそりと奉行所を出ると、宇三郎と文左衛門《ぶんざえもん》が六郷橋《ろくごうばし》まで見送った。四人は旅人に混ざって甘酒ろくごうで一休みする。

勘兵衛を見た小春《こはる》が驚いて「お奉行さま！」と叫びそうになったが、旅姿を見てお忍びだとわかった。

「いらっしゃいまし……」

小春が泣きそうな顔で勘兵衛に頭を下げた。

「元気そうだな？」

「はい……」

「茶をくれるか……」

「はい……」

小春は突然の勘兵衛の出現に緊張している。店の奥では挨拶するのを躊躇《ちゅうちょ》して、三五郎《さんごろう》と久六《きゅうろく》も固まっていた。

「お前さん……」

小春に促されて三五郎が勘兵衛に茶を運んで行った。

「どうぞ……」

急なことでどうすべきか三五郎らしくない。

「忍びじゃ……」

「はい……」

小春と久六が宇三郎たちに茶を出す。

勘兵衛は海を見ながら、江戸を出たのはいつ以来だったか思い出せない。この六郷橋には家康や将軍秀忠《ひでただ》を見送りに来たが、この橋を渡って江戸を出たのはずいぶん昔のことだと思う。

まさに職務に忙殺《ぼうさつ》された日々だった。

家康に「江戸を頼むぞ」と言われてから十五年、長かったようで、あっという間の十五年だったようにも思う。

人は過ぎ去った日々を短く感じるようだ。

「さて、行くか……」

久々の旅に、勘兵衛は覚悟するように言って立ち上がった。

「小春、馳走《ちそう》になった」

「お構いもせず、失礼をいたしました」

「帰りにまた寄る」

「お待ちしております」

勘兵衛は働き者の小春を気に入っている。たくましく強い女だ。そこがいい。

「見送りはここまででいい」

「良い旅を……」

心配そうな宇三郎と文左衛門が勘兵衛に頭を下げた。

「馬にすればよかったか？」

早くも弱気な勘兵衛だ。久々の旅情を楽しみたいと馬ではなく徒歩にしたのだ。

「それでは馬を？」

「いや、疲れたら駕籠《かご》でも馬でも乗ることにする」

「はい、藤九郎、頼むぞ……」

「うむ、心配ない」

藤九郎が宇三郎に自信を見せる。

「行ってくるぞ！」

自分を励ますように言って、勘兵衛が六郷橋を渡って行った。旅の初めは楽しさから勢いがつきそうになる。それを押さえるのがこつだ。
二、三日はゆったりと足慣らしで、先を急いだり、勢いづいて無理をすることは禁物である。
勘兵衛のように、日頃歩きなれていない者は、無理をすると足が壊れて、ひどい旅になってしまうことが少なくない。何かと馬を使うことの多い勘兵衛のような旅人は危険だ。

そこは藤九郎が充分に心得ている。

男の足なら日に八里（約三二キロ）から十里（約四〇キロ）は歩くのが普通だが、勘兵衛は日本橋《にほんばし》から七里（約二八キロ）を歩いて神奈川宿《かながわしゅく》に泊まった。

神奈川宿は湊で、横浜村《よこはまむら》と隣接している。神奈川湊は品川《しながわ》湊、富津《ふっつ》湊、木更津《きさらづ》湊などと並んで古い港だった。

後の安政《あんせい》五年（一八五八）に日米修好通商条約が結ばれ、神奈川湊が開港される予定だったが、神奈川湊は宿場が併設されていた。

その宿場で、日本人と外国人にいざこざが起きるかもしれないと考えられ、隣の横浜村に港湾設備を整えて開港する。それが横浜の繁栄につながった。

「旅の初日にしては少し歩き過ぎたか？」

「はい、七里を歩きましたので、少々張り切り過ぎかと……」

「そうか、七里も歩いたか、明日は遅発《おそだ》ちで藤沢《ふじさわ》宿までだな？」

「はッ、ここから藤沢宿までは五里十二町（約二一キロ）ですから、ちょうどよいかと思います」

「五里（約二〇キロ）か？」

勘兵衛は何《な》んとものんびりで普通の半分だと思う。

「少し短いが無理は禁物だ」

「はい、小田原《おだわら》までは足慣らしでございますから……」

「そうだな。旅は箱根《はこね》からだ」

「藤沢宿から小田原宿までは、八里九町（約三三キロ）と結構な道のりにございます」

「八里か、箱根も八里だ。無理をせず箱根山の湯に入るか？」

「それは楽しみにございます」

東海道の旅に、箱根の湯は素通りにはできない。急ぎ旅や元気のいい旅人は、一気に箱根八里を越えて行くが、勘兵衛は急いでいるわけでも元気がいいわけでもない。

旅の初日から箱根の湯に入ることを考えている。

暢気《のんき》な旅だ。

保土ケ谷《ほどがや》宿までは武蔵《むさし》の国だが、戸塚宿からは相模《さがみ》の国になる。

勘兵衛は戸塚宿で柏尾の佐平次に会おうかと思ったが、万一にも雨太郎一味に見張られているとすれば、親子三人を危険に晒すことになると考えた。

この旅は仕事抜きの旅だ。

旅人は明け六つ（午前六時頃）の卯《う》の刻（午前五時～七時頃）には出立するが、勘兵衛と藤九郎はのんびりしたもので、辰《たつ》の刻（午前七時～九時頃）になっても動かない。

旅人はみな出てしまい、旅籠《はたご》には誰もいなくなった。

二人は巳《み》の刻（午前九時〜一一時頃）になって旅籠を出た。鎌倉《かまくら》にも江《え》の島《しま》にも寄らずに藤沢宿に向かった。

「柏尾には？」

藤九郎が聞いた。気を利《き》かして、藤九郎は倉田甚四郎から佐平次の家を聞いてきた。

「いや、今、佐平次と会うのは危ない。素通りしよう」

「はッ！」

「佐平次の女房が狙われては可哀《かわい》そうだからな……」

「はい……」

保土ケ谷宿と戸塚宿で一休みしながらのんびり旅だ。

それでも申の刻には藤沢宿に入った。夕餉《ゆうげ》にちょうどいい頃だ。

その夜、勘兵衛の泊まった旅籠で騒動が起きた。

子《ね》の刻（午後一一時〜午前一時頃）過ぎにスーッと戸が開いて、勘兵衛の部屋に誰かが忍び込んできたが、入り口の戸の傍《そば》に蹲《うずくま》って動かない。

枕探《まくらさが》しのような物盗《と》りではなさそうだ。

「誰だ？」

藤九郎も気づいていて誰何《すいか》した。

「お助けください……」

女の声だ。真夜中に他人の部屋に忍び込んで、助けてくれとは穏《おだ》やかではない。

「どうしたのだ？」

藤九郎が暗い灯を励ましてから女に聞いた。女は旅支度のままで戸の傍で平伏している。

「お武家さま、お助けください……」

女は武家の客だと知って部屋に入ってきたようだ。

勘兵衛が褥《しとね》に起き上がった。

部屋の灯が明るくなってきた。

「そなたの名は？」

「房《ふさ》と申します……」

「お房か、どこから来た？」

「江戸からまいりました……」

勘兵衛はお房が遊女で逃げてきたのだとわかった。あちこちに隠れながら、藤沢宿まで来て旅籠に泊まった。そこを追ってきた忘八《ぼうはち》に発見された。

女一人で逃げてきたとは思えない。どこかに手引きした男がいるはずなのだ。

「誰と逃げてきた？」

そう聞かれると、お房が驚いて勘兵衛を見る。

「男はどこに行った？」

「それは……」

「吉原《よしわら》から逃げてきたのか？」

お房は自分のことをすべて言い当てられ驚いたが、覚悟したようにコクンとうなずいた。

「追ってきたのは忘八だな？」

お房がまたコクンとうなずいた。

忘八三人が二人を追ってきたのだ。

「どこまで行くつもりだ？」

お房が警戒して答えない。うつむいて外の気配を窺《うかが》っている。

どんなことがあって吉原を逃げ出したのかまではわからないが、忘八が追ってきたということは足抜《あしぬ》けということだ。

この後、吉原には禁止の厳しい掟《おきて》ができる。

心中《しんじゆう》、枕探し、起請文《きしようもん》の乱発、足抜け、郭内《くるわうち》での密通、阿片《あへん》の喫引《きついん》など、遊女がしてはならないことが定められた。

心中は来世《らいせ》で結ばれることを約束して自殺すること。枕探しは客の財布を盗むこと。起請文の乱発は、あなたと一緒になりたいと約束状をあちこちの客に出すこと。足抜けは遊郭から脱走すること。郭内の密通は遊郭の若い衆と通ずることと。阿片の喫引は麻薬を吸うことである。

お房は足抜けと郭内の若い衆との密通だった。

この掟は遊女の掟ともいわれて吉原だけでなく、江戸に点在する岡場所《おかばしよ》や私娼窟《ししようくつ》にいたるまで通用することになる。

お房は男と逃げてきたのだ。

遊女は仕事の時は布や紙を詰めて男に買われるが、それに失敗すると子ができてしまうことが少なくない。

その時は薬を使って子を捨てるしかない。

ところがその薬が劇薬で、子が流れるだけでなく遊女が死ぬこともあった。死なないまでも、子の産めない体になることも珍しくなかった。

遊女は身売りをしてきた娘たちで、その代金さえ返済すると、遊女から解放される。

自由になれば、遊女だったからといって、差別されるとか区別されることはなく、ごく普通の娘として嫁いでいた。

だが、子の産めない体になることは怖い。

お房は郭内の料理場の若い衆、幸吉《こうきち》を好きになって密会を続けた。それは禁じられていることだ。

お房は入舟楼《いりふねろう》の美鶯《みおう》という売れっ子で、これまで子ができたことはない。

そのためか、幸吉と会う時に美鶯は子のできない支度をしなかった。

若い男女が好き合えばその結果は決まっている。

できた子は幸吉の子だと信じた美鶯は逃げる決心をする。ところが、いざとなると幸吉は意気地《いくじ》がなかった。

捕まると殺されるとか、ぐずぐずと応じない。

そこで美鶯は一緒に逃げないなら全部主人に話すと脅《おど》した。

散々《さんざん》脅されて、渋々《しぶしぶ》幸吉は逃げることを決心、美鶯は仮病《けびょう》を装《よそお》い仕事を休むと、二人は夜陰《やいん》に紛《まぎ》れて吉原を逃げ出した。

逃げ出しても行き場はない。

美鶯ことお房は、身延《みのぶ》から駿府《すんぷ》の二丁町《にちょう》に売られたが、その後、美人であることから、売れっ子として日本橋吉原へ移ってきたのだった。行くところはその身延しかない。

お房は旅籠の騒ぎが収まったと思ったのか、「ありがとうございました」と挨拶して部屋から出て行こうとする。

「ここから出て、行くところはあるのか？」

「はい……」

「男が待っているのか？」

お房がうなずいた。

「藤九郎、外を見てみろ、この旅籠は見張られているはずだ」

「はい……」

藤九郎が灯りを暗くして窓から街道を見た。星明かりの中で、笠《かさ》をかぶった男が道端に立っている。

「見張られているようです」

「やはりそうか、もうしばらくここにいればいいだろう」

お房が部屋の隅《すみ》に座って勘兵衛に頭を下げる。その時、また旅籠の周りが騒然となった。

第二章　足抜《あしぬ》け

「居たぞッ！」

バタバタと人の走る音がした。お房がはっとして立ち上がった。

「今、動いては危ないぞ……」

「誰かが追われたようです」

藤九郎が聞き耳を立てた。だが、すぐ静かになった。

「幸吉……」

「そなたの男は幸吉というのか？」

お房が藤九郎に小さくうなずいた。

「どこで待ち合わせているのだ？」

「川です……」

「この先の相模川《さがみがわ》のことか？」

「平塚《ひらつか》宿までは三里半（約一四キロ）、相模川はその手前ですから先に行って見てまいります。馬入《ばにゅう》の渡しでお待ちいたします」

「うむ、お房と早立ちでここを発つ……」

「承知いたしました」

藤九郎は急いで旅支度をすると、旅籠を飛び出して相模川に向かった。

その頃、日本橋吉原からお房と幸吉を追ってきた忘八の三人は、藤沢宿で幸吉を見つけて夜の東海道を西に追っている。

まだ暗いうちに旅籠を発った勘兵衛は、お房に笠をかぶらせて馬に乗せると、馬入の渡しに向かった。

相模川は古くは鮎川《あゆかわ》という名だった。あちこちから川鵜《かわう》が集まる川で、江戸は上野《うえの》の不忍池《しのばずのいけ》からも、川鵜が鮎川まで鮎を食いに行くと言われた。

また、河口付近を馬入川とも呼ぶのは、川の右岸にある平塚宿の一部が馬入という地名だったからという。あるいは、この川には古くから橋がなく、馬を川に入れて行き来していたから馬入川と呼ぶようになったともいう。

三人の忘八に追われた幸吉は、暗い中を馬入の渡しまで逃げてきたが、遂《つい》に馬入川の河原に追い詰められた。

「幸吉、美鷺をどこに隠したッ！」

匕首《あいくち》を抜いた忘八の文六《ぶんろく》が、幸吉に詰め寄って行く。

「知らねえッ！」

「女を足抜《あしぬ》けさせればどうなるか知らねえはずがあるまい。美鷺を出せば、おめえの命だけは助けてやってもいいが？」

「知らねえものは知らねえ！」

幸吉も懐の匕首を抜いた。

「そんなものを振り回すと殺すぞ。あきらめて美鷺の居場所を白状しねえな？」

「嫌《いや》だッ！」

「わからねえ野郎だ。美鷺は売り物だ。欲しけりゃ銭を持ってこい。黙って連れだせば泥棒だぜ、こんなことがわからねえのか？」

「うるさいッ、お房は誰にも渡さねえッ！」

「死にてえか馬鹿野郎が！」

文六が幸吉を川に追い詰めた。

「兄《あに》い、早いとこ殺《や》っちまおう。この野郎は女に狂っているぜッ！」

「そうだッ。美鶯はこの近くにいるはずだ。探せば半日やそこらで見つかる！」

「この野郎は殺して美鶯だけを連れて帰ればいいんだ！」

「幸吉、最後だ。美鶯はどこだ？」

「知らねえッ！」

「そうか……」

匕首を抜いた三人が幸吉を川の中に追い詰めた。三対一ではいかんともしがたい。幸吉は三人を近づけまいと、やたらと匕首を振り回す。

そのうち、川の石に足を滑《すべ》らせて転んだ。その幸吉の腹に文六の匕首が深々と刺さって、流れ出した血が黒く川に広がった。

幸吉は腰まである川の水に沈んだまま息絶えた。

そこに後を追ってきた藤九郎が現れた。

白く夜が明けて、河原からは河口が一望できる。相模の海が広がっていた。三人は幸吉の遺骸《いがい》を川に流したまま河原に上がってきた。遺骸を海に流してしまえという乱暴な連中だ。それゆえに忘八と恐れられる。

「文六ではないか？」

「あッ、青木さまッ！」

「こんなところで何をしておる？」

「へい、吉原から女を連れ出した野郎を始末したところでございやす……」

「足抜けか？」

「そうなんで……」

「女は？」

「それがわからないので、藤沢宿あたりに隠れていると思うんで、探しやす」

突然に藤九郎が現れて文六は驚いている。

「青木さまはどうしてこんなところにおいでなんで？」

「お奉行さまと三河まで墓参にまいる。藤沢宿での騒ぎが見えたので来てみたのだ」

「恐れ入りやす」

「もうすぐ、お奉行と奥方さまがお二人だけで来られる。無礼のないようにいたせよ……」

「へいッ、承知しておりやす」

文六は惣吉《そうきち》と一緒にお奉行を見たことがある。吉原の惣名主《そうなぬし》も頭の上がらない怖い存在が北町奉行だとわかっていた。

「あっしらは女を探しに藤沢宿に戻りますんで……」

「そうか、女を見つけても乱暴するな」

「へい、江戸へ連れて帰るだけでございやす。御免《ごめん》なすって……」

三人が藤九郎に頭を下げると街道に戻って行く。藤九郎は河原を歩いて馬入の渡し場に歩いて行った。ぽつぽつと旅人が集まり始めている。

川に近い平塚宿からの旅人が大勢渡し舟に乗ってきた。藤九郎はそんな光景を見ながら土手に腰を下ろす。

藤沢宿に戻る三人と、お奉行とお房が街道ですれ違うはずだ。

もし三人がお房に気づいても、藤九郎がお奉行の奥方さまと言ったのだから何も言うことはできない。呆然《ぼうぜん》と見送る三人の恰好《かっこう》が目に浮かぶ。

藤九郎がにやりと笑った。

その三人は女の一人旅はいないか探している。

幸吉とはぐれたわけではなく、どこかで待ち合わせる魂胆だと踏んでいる。一人旅の女など滅多にいない。

一里ほど戻った時、文六が街道に立ち止まった。

「お奉行さまだ……」

「あの馬か？」

「そうだ。馬の傍を歩いてこられるのがお奉行さまだ……」

「馬に乗っているのが奥方さまか？」

「そういうことだな……」

三人が道端に並んで勘兵衛に頭を下げる。その前を馬子《まご》が馬を引き、笠をかぶった勘兵衛が通り過ぎた。馬上からいち早く三人を発見したお房は、笠で顔を隠した。

チラッと文六を見た勘兵衛は、その顔に見覚えはあったが声はかけない。

「おかしいな……」

三人のうちの一人が首をかしげる。

「何がおかしいんだ？」

「兄いは見なかったか、馬に乗った奥方さまを？」

「おめえ見たのか？」

「うん、あの奥方さま、美鶯に似ているんだ……」

「馬鹿野郎、お奉行さまの奥方さまが美鶯のはずがねえだろう！」

「そうだよな……」

「ろくに寝てないからおめえおかしくなったんじゃねえのか？」

「女がみな美鶯に見えるんだ。しっかりしねえか！」

馬上の奥方は美鶯だったが、三人はここ二日ばかり仮眠だけで寝ていない。三人とも頭がおかしくなっていた。確かに女を見ると美鶯と思いたくなるほど頭をやられている。

「そうだよな。お奉行さまの奥方さまが美鶯のはずがねえ、おれの頭がおかしくなっている。どこかで寝よう……」

「馬鹿、美鶯を探して江戸に戻るまで立ったまま寝ろ！」

「兄い、それは殺生《せっしょう》だ。死んじまうぜ……」

「馬鹿野郎、美鶯は千両になるが、てめえなんざあ一銭にもなりゃしねえ、ぐずるんじゃねえ、さっさと美鶯を探しやがれ！」

文六は少しいらついてきていた。美鶯を見つけないで吉原に帰れば惣吉にぶん殴られる。

忘八は非情だ。

文六は、勘兵衛の罠《わな》にかかったことにまったく気づいていない。

三人が大急ぎで藤沢宿に戻ってきた時、お房は馬から降りて、勘兵衛と藤九郎と一緒に渡し舟に乗ろうとしていた。

「ここで待ち合わせなんです……」

お房が舟に乗るのを渋った。

「お奉行……」

藤九郎が勘兵衛の耳に幸吉の死を告げた。お房には聞こえない。

「やはりそうか、仕方ないな……」

「はい……」

お房に辛《つら》い宣告をしなければならないが、勘兵衛は幸吉が死んだと伝えるのを躊躇《ちゅうちょ》した。

「幸吉は身延に実家があることを知っているのか？」

「はい、全部話しましたから……」

「忘八たちも知っているのか？」

「身延のことは知らないと思います。駿府の二丁町のことは知っていると思いますけど？」

「そうか、そなたは二丁町から吉原に移ったのか、それでは二丁町を足掛かりに、身延まで探されるな？」

「はい……」

「幸吉の生まれた在所はどこだ？」

「わかりません……」

吉原の女一人、身を隠すことが難しい。勘兵衛は親元に帰せば忘八が嗅《か》ぎつけて探しに行くだろうと思う。

「身延に帰れば親に迷惑をかけることになるのではないか？」

「はい、三島《みしま》宿の旅籠で姉が働いております。そこへ行きたいと思いますが幸吉さんが……」

「お房、幸吉のことは忘れろ……」

「あのう……」

「吉原に帰りたくなければ幸吉のことは忘れろ……」

「お武家さまは？」

お房は忘八の三人が道端に並んで勘兵衛に頭を下げたのを見たのだ。吉原に関係のある人だと思ったが、その吉原から逃げてきた自分をなぜ助けるのかと混乱した。

「わしが誰かなどどうでもいいことだ。幸吉を忘れて一人で生きていけ、それぐらいの覚悟をして吉原から逃げてきたはずだ」

「もしや……」

「幸吉と心中したいか、それなら止めない。腹の子と相談してみることだ」

勘兵衛の言葉が厳しく変わった。

「お武家さま……」

勘兵衛はお房に子ができていると予想していた。それが幸吉の子かわからないが、お房がどう考えるかだ。

吉原から逃げれば怯《おび》えながら生きることになる。

「幸吉さんは死んだのですか？」

「幸吉のことは知らん。忘八に捕まればお前とは扱いが違う。お前は吉原に戻されるだけだが、幸吉は殺される……」

勘兵衛の言葉はお房には厳しい。生きるか死ぬか覚悟を決めろと言っている。

「わしは腹の子どもと二人で生きることを勧める。十五年もすれば、それでよかったとわかるだろう」

「お武家さま……」

お房が泣きそうな顔だ。

「舟に乗るか、ここに残って二度と現れない幸吉を待つか、決めろ……」

「お房、この川を渡れ、お前の人生が変わる」

藤九郎もお房に舟に乗れと勧める。幸吉は死んだと言いたいが、それを言えばお房が後を追うように思う。

「幸吉が忘八から逃げ切れれば、お前を探しに来るだろう」

「逃げられますか?」

「それはわからない。無慈悲なようだが、逃げ切るのは相当に難しいと思う」

「お房、あの三人が戻ってくる前に川を渡った方がいい」

藤九郎が逃げることを勧める。

「幸吉はお前が逃げ切ることを願っていると思う」

お房が幸吉と待ち合わせたこの馬入の渡しを越えるのは辛い。だが、ここを渡らなければ、追ってくる三人から逃げ切れない。

兎《と》に角《かく》、三島の姉のところまで逃げようとお房は考えた。

「舟に乗るか?」

「はい……」

お房は辛いが幸吉を振り切った。二人の話から幸吉はもう生きていないのかもしれないと思う。

　これまでの苦労を考えれば、十五年ぐらい辛抱できる。いざとなったら一人で子を産む覚悟をした。追い詰められると苦労した女は強い。

「よし、行こう」

　三人が馬入の渡し舟に乗った。

　平塚宿で一休みしてから、二十七町と近い隣の大磯《おおいそ》宿を通過して小田原宿に向かった。

　お房は未練を残して時々後ろを振り返る。

　勘兵衛は、お房に幸吉の死を告げないつもりだ。知らない方が生きる励みの一つになるかもしれないと思う。

　大磯宿から小田原宿までは四里と遠い。

　途中で二度休息を取って、お房が疲れないように気を遣いながら、三人は夕刻に小田原宿へ着いた。

「藤九郎、例の御用札《ごようふだ》を渡した二人が達者か確かめてくれぬか？」

「はい、駕籠を探してまいります」

「明日の朝、お房を乗せて箱根山を登る。歩くのは辛そうだ」

「承知いたしました」

ずいぶん前になるが、怪我《けが》をした直助《なおすけ》を、箱根から江戸の奉行所まで運んできた雲助《くもすけ》だ。その雲助に悪事をしないことを約束させて、北町奉行米津勘兵衛御用の札を与えた。

藤九郎が旅籠に近い駕籠屋に行くと、仕事仕舞《じま》いにする駕籠かきたちが屯《たむろ》していた。夕刻になると駕籠かきたちは一杯やり始める。

「少々聞きたいが、ここに北町奉行御用の木札を持っている者はいるか？」

「お武家さま、それは富松《とみまつ》と権平《ごんべえ》だ！」

「どこにいる？」

「山の上だけど、お武家さまはお役人さんで？」

「そうだ。北町奉行所の者だ」

「もしや小田原にお奉行さまが？」

「そういうことだ。相模屋《さがみや》におられる。明日の朝、奥方さまの駕籠を頼みたいが、二人に伝えることはできるか？」

「そりゃ大変だ。おいッ、誰か山に帰る奴はいるかッ？」

「おうッ、これから戻るが客か？」

「ちょっと来い。山の富松と権平に伝えることがあるそうだ」

「富松に言付けか？」

日焼けして真っ黒の駕籠かきが奥から出てきた。

「二人に北町奉行の米津さまの御用だと伝えてくれるか？」

藤九郎が言うと驚いた顔だ。

「お、お奉行さまの御用で？」

「そうだ。明日の朝、相模屋まで来てもらいたいと伝えてくれるか？」

「へい、畏まりやした……」

「これは駄賃だ。取っておけ……」

藤九郎が一分金を一枚渡した。

「こ、こんなにいただいて……」

「いいんだ。取っておけ。頼んだぞ」

「へい、確かに！」

藤九郎が駕籠屋から戻ると夕餉の刻限だった。お房は幸吉を見捨てたという気持ちからか落ち込んでいる。

「お房、明日から箱根の湯に二、三日湯治《とうじ》をする。これまでのことを忘れろ、新しい生き方をすることだ」

「はい……」

お房がぽろぽろと泣き出した。

「そなたは間もなく母親になるのだ。こんなところで泣いている暇《ひま》はない。しっかりしなさい」

「はい……」

勘兵衛にお房が厳しく叱《しか》られた。

第三章　姉《し》妹《まい》

深夜、丑《うし》の刻（午前一時～三時頃）に、二人の駕籠かきが空《から》駕籠を背負って山を下った。

小田原宿まで下りてくると、暗いうちに相模屋の前で二人は勘兵衛が出てくるのを待った。

「あッ、お奉行さまッ！」

勘兵衛が旅籠から出てくると、二人が足元にうずくまった。驚いたお房が駕籠かきの傍に座って勘兵衛に平伏した。

「三人とも立ちなさい。忍びの旅じゃ。元気そうだな？」

「へい、お奉行さまのお陰で客が絶えたことがありませんので……」

「そうか、御用札も古くなったな……」

「お奉行さま、御用の木札も貫禄が出てまいりまして有り難いことです」

「うむ、今日は箱根の湯まで頼む……」

「へいッ、よろこんで担がせていただきやす。奥方さま、どうぞ！」

お房は勘兵衛がお奉行さまだとわかって驚いている。それに奥方さまと言われてお房は腰が抜けそうなほどびっくりした。駕籠かきもあまりに若い奥方に驚いている。

「乗りなさい。わしの知り合いの者だ」

「あのう……」

「箱根山は女には難所だ。いいから乗りなさい」

勘兵衛に促されてお房が山駕籠に乗り込んだ。

「相棒《あいぼう》ッ、行くぜッ！」

「おうッ！」

駕籠が上がると、勘兵衛と藤九郎が歩き出した。

「おいッさー、ほいッさー……」

お房を乗せた駕籠が動き出した。箱根八里は小田原宿から箱根宿まで四里八町（約一六・九キロ）、箱根宿から三島宿まで三里二十八町（約一五・一キロ）である。

箱根宿までは相模の国で、三島宿だけは伊豆《いず》の国になる。三島宿の次の沼津《ぬまづ》宿からは駿河《するが》の国になる。

この年、箱根芦ノ湖畔《あしのこはん》に箱根の関所が設置された。やがて箱根の裏街道などに根府川《ねぶかわ》関所、仙石原《せんごくはら》関所、矢倉沢《やぐらさわ》関所、谷ケ村《たにがむら》関所、川村《かわむら》関所など脇《わき》関所が整備され、箱根の通行が非常に厳しくなる。

箱根の関所が最初にできたのは、奈良期とも平安期ともいわれる。平将門《たいらのまさかど》の乱でも鎌倉期の承久《じょうきゅう》の乱でも、箱根には軍勢が派遣され軍事的にも重要な場所となっていた。

勘兵衛一行は箱根の湯で二日間の骨休めをした。

お房は、勘兵衛が北町奉行だとわかってから怯えたようにおとなしい。吉原から逃げ出したことは悪いことで、勘兵衛に連れ戻されても仕方がないのだが、なぜか勘兵衛にはそんなところが見えない。

「お房、お奉行さまはそなたを助けようとしているのだ。わかるな？」

「はい……」

「お奉行は吉原の惣名主とも懇意《こんい》にしておられる。よくよく考えられて、そなたを助けることにしたのだ。この温情を忘れるでないぞ」

「はい、決して忘れません」

「うむ、それでいい。辛いだろうが、幸吉のことを忘れて強く生きていけ、それがお奉行さまに恩返しすることだ」

「はい……」

藤九郎に諭《さと》されてお房に少し力が出てきた。夜遅く湯にも行くようになり、藤九郎が警戒に当たった。藤九郎を怖がっていたお房が怖がらなくなった。

元気が出てくれば生きる気力が湧いてくる。

お房は微《かす》かな希望を抱いた。

「藤九郎、何んべんも湯に入ると骨までふやけるな?」

「はい、それが湯治かと思います」

「なるほど。お房も何度でも湯に浸《つ》かってこい、こういうことは滅多にないぞ」

「はい、このご恩は一生忘れません……」

勘兵衛が微笑《ほほえ》んで小さくうなずいた。きちんと返答のできる賢《かしこ》い娘だ。

お房の湯上りは匂い立つような色香に包まれている。丈夫な子を産んで幸せになってもらいたいと勘兵衛は思う。

この娘が吉原から逃げてきたと思うと、その強さがあればなんとかなるだろうとも思うが、女が一人で生きていくことは容易ではない。だが、このお房なら欲しいという男は少なくないはずだ。

二日目には幸吉のことなど忘れたように、藤九郎と宿の外に出たりする。子ができていることなど忘れてにこやかだ。

どんなに苦しくとも覚悟さえ決まれば人は強くなれる。

元気でおきゃんなお房に戻りつつあった。

湯疲れした勘兵衛が、銀煙管《ぎんギセル》に煙草《たばこ》を詰めてプカーッとやると、お房はそんな勘兵衛の無聊《ぶりょう》を慰《なぐさ》めるかのように、「肩をお揉《も》みいたします」などと気を遣う。

「おう、そうか、頼もう……」

勘兵衛も機嫌よくお房に肩を揉ませる。

「お房は幾つだ？」

「十八です」

「親は？」

「六反歩《たんぶ》ほどの百姓です」

六反ということは、米が六石とれるということだ。豊臣秀吉《とよとみひでよし》の太閤《たいこう》検地で一反は三百歩と決めた。それは一反から米が一石とれるようになったからだという。

それまでは一反が三百六十歩だった。

六反からは十五、六俵はとれるが、身延は山の中で土地が悪い。そんなにはとれないだろうと勘兵衛は思った。

その分、山仕事や、身延には金山などもありそんな手伝い仕事もある。

「兄弟は？」

「六人です」

六反で親子八人は食えない。

年貢も六、七俵は出さなければならないのだ。

武家の俸禄《ほうろく》は一年分一人一石で勘定《かんじょう》する。

勘兵衛は、お房の親が子どもを売らなければ生きられない理由を知った。それでも何人かの子を間引《まび》いたのだろう。

間引くとは生まれた子を育てられないために殺すことである。

女の子は育てて十二、三になれば売ることができたが、男の子はそれができない。

「お房は何番目だ？」

「三番目です。上に姉と兄がいます」

「下に三人か？」

「はい、もう一人産まれるそうです」

「七人目か？」

「はい……」

「三島宿にいるという姉はまだ独り身なのか？」

「はい……」

お房は三番目で間引かれても仕方なかったが、女だったために、売れることから育てられたと思われる。美人だったお房は、口減らしのためとはいえ高値で売れたはずだ。

苦労するために生まれてきた娘だった。

「幾つの時に家を出た？」

「十三の時です」

「姉と遊んだことはあるのか？」

「はい、三つしか離れていませんから、よく覚えています……」

勘兵衛はお房がどんな過酷な生き方をしてきたかを知った。吉原のような苦界《くがい》にいる娘たちはみなそうなのだろう。

武家とはなんと罪深い者かと思うがいかんともしがたい。戦国乱世が終わって元和偃武《げんなえんぶ》からまだ三年なのだ。それでも泰平《たいへい》の兆《きざ》しがわずかに見えてきた。

勘兵衛は話してみて、お房ははきはきと賢い子だと思う。

翌朝、富松と権平の二人の山駕籠が迎えに来て、お房は北町奉行の若い奥方としてその駕籠に乗った。

「行くぜッ、相棒ッ！」

「おうッ！」

山駕籠が上がる。

「おいッさー、ほいッさー……」

威勢のいい掛け声で、新しくできた芦ノ湖畔の箱根の関所に入って行く。

「おう、富松、女の客か？」

関所の馴染《なじ》みの役人が声をかける。

「無礼者ッ、女の客かとは何んだ。江戸は北町奉行米津勘兵衛さまの奥方さまだぞッ！」

「な、なんだとッ！」

まだできたばかりで、関所は整備されていない。

この六十八年後の貞享《じようきよう》三年（一六八六）に箱根関所は小田原城の職制となり、番頭《ばんがしら》一人、横目《よこめ》一人、番士三人、小頭一人、足軽《あしがる》十人、中間《ちゆうげん》二人、番人三人、人見女《ひとみおんな》二人、その他、人夫《にんぷ》などが置かれて整備される。

役人が走って行くと、すぐ偉そうな衣服の男が飛び出してきた。勘兵衛は顔を知っていたが、名前は思い出さない。男は慌《あわ》てて勘兵衛に平伏する。

勘兵衛は将軍の次の老中の次に偉い。

江戸城では三番目に偉いのだから相当なものだ。役人で米津勘兵衛を知らない者はいない。お房は駕籠に乗ったまま驚いている。藤九郎が降りなくていいとお房を制した。

「江戸北町奉行の米津さまが三河へ墓参にまいる。通ってよろしいか？」

藤九郎が仰々《ぎようぎよう》しく聞いた。こういうところは偉そうにした方がいいと心得ている。

「どうぞ、お通りください！」

「お役目大儀《たいぎ》！」

勘兵衛がニッと微笑んだ。

「行くぞ！」

藤九郎が富松と権平を促す。

「行くぜッ、相棒ッ！」

「おうッ！」

山駕籠が上がる。

「おいッさー、ほいッさー……」

威勢よく山駕籠が箱根峠に登って行った。

「お奉行さま、三島宿まで担がせておくんない……」

「ここからは下りだぞ」

「へい、その下りが結構大変でして……」

「そうか……」

「担がせていただきやす。相棒ッ、行くぜッ！」

「おうッ！」

山駕籠が勢いよく上がる。

「おいッさー、ほいッさー……」

掛け声が山に響いて急な坂道を下り始めた。三島宿まで三里二十八町の下り道だ。

下り道でも休息する。

「富松、三島宿の伊豆屋《いずや》につけてくれるか……」

藤九郎が旅籠の名を言った。富松はなんで伊豆屋を知っているんだという顔をする。客はどこの旅籠に入るか宿場についてから迷うものだ。

「へい、伊豆屋さんにお泊まりで、あの旅籠にはお君《きみ》さんという、この辺りでは滅多にお目にかかれねえ、とびっきり美人の姉さんがおりまして、ご存じでしたか？」

「いや、知らん……」

「伊豆屋とお名指しですからご存じかと、ちょいと小年増《こどしま》ですが、ふるいつきたくなるようなほっそりとしたいい女でござんすよ……」

「そうか……」

藤九郎は興味なさそうだが、お房はそのお君というのは姉だとわかっている。

黙って二人の話を聞いている。

「小田原宿、箱根宿、三島宿があっしらの仕事場ですが、そこの女衆の中では伊豆屋のお君さんが一番でございやす」

「お君か、覚えておこう」

藤九郎はお房の姉ではないかと思った。藤九郎と目が合うとお房がニッと笑ったからだ。

勘兵衛は茶店の縁台で煙草をふかしている。

眠くなりそうな日和《ひより》だ。

江戸の北町奉行とは思えないのんびりした風情《ふぜい》だ。

その前を山から韋駄天《いだてん》走りで転がるように落ちてきた若い男が駆《か》け抜けた。その男の後を駕籠かきが二人追いかけて行くが追いつけそうにない。

「またやられたか？」

富松がつぶやくと、権平が覗《のぞ》き込むように背伸びして走り去った三人を見る。

「どうしたのだ？」

藤九郎が富松に聞いた。

「ただ乗り、乗り逃げでしょう」

「駕籠に乗って酒代《さかだい》（運賃）を払わずに逃げるとは卑怯《ひきょう》な男だな」

「へい、若い悪党です。足が速いから追いつけないんで……」

「時々あるのか？」

「いいえ、滅多にないんですが、駕籠代などたかが知れているのに、ひどいことするものです」

「許せない奴だな」

藤九郎が怒っている。駕籠かきたちは日銭《ひぜに》で働いているから、こういうことがあると気落ちしてしまう。

「さて、行こうか？」

勘兵衛が煙管を仕舞うと縁台から立ち上がった。

「奥方さま、乗っておくんなさい……」

「あのう……」

「この先、三島宿までは遠いから……」

藤九郎がお房を促《うなが》して山駕籠に乗せた。

「行くぜッ、いいかい相棒ッ！」

「おうッ！」

一休みした山駕籠が元気よく上がる。

「下りだ。三島宿までひとっ走りだッ！」

「よーしッ、おいッさー、ほいッさー……」

箱根山は上りも下りも結構な難所だ。

「おいッさー、ほいッさー……」

しばらく山道を下って行くと、若い男を追っていた駕籠かきが、力なくがっかりした顔で戻ってくる。

「やられた……」

「おいッさー、ほいッさー……」

掛け声をしながら駕籠が止まって足踏みする。

「乗り逃げか？」

「そうだ……」

「ひどいことをしやがる」

「三島まで行くのか？」

「うん……」

「気をつけてな……」

「ああ……」

「おいッさー、ほいッさー……」

山駕籠が威勢よく坂道を下りて行くと三島宿が見えてきた。すると、さっき韋駄天走りで逃げた若い男が土手に座って休んでいる。

「足が速いな？」

藤九郎が男に声をかけた。

「自慢の足なんで……」

「だろうな……」

「餓鬼の頃から捕まったことがない足だ」

「そうか、ところで駕籠の乗り逃げだそうだな？」

「間抜《まぬ》けな雲助だ。おれが走り出してから追ってきやがった」

「酒代を払ってやる気はないか？」

「ないね。あんな間抜けに……」

「銭がないのか？」

「銭なら懐にたっぷりあるさ、逃げ足が自慢なんだ」

「この駕籠かきに払えば、あの二人に渡してくれるそうだが？」

「嫌《や》なこった。欲しけりゃ追ってくればいい」

「そうか。仕方ないな。その自慢をもらうことにしよう」

瞬間、男が逃げようとしたが、一瞬、藤九郎の剣の方が速かった。鞘走《さやばし》った刀が逃げようとする男のかかとの筋を刎《は》ね斬った。

男は三間（約五・四メートル）も先の道端に飛んでいって転がった。

あまりの痛さに道で転げまわる。

「富松、これで傷を縛《しば》ってやれ……」

転げまわる男を押さえて、かかとを布で縛ろうとするが暴れて傷を縛れない。

すると権平が男の肩をむんずとつかんで抑え込んだ。

富松がその間に男のかかとをグルグル巻きにする。

「痛いよう、痛いッ、痛いよう！」

「馬鹿野郎、てめえが悪さをするからだ。これで走れねえだろう。ざまあみやがれ！」

富松がにやりと笑った。

藤九郎の剣があまりに速く、何が起きたのかわからないお房が、こんな時に笑うかと富松をにらむ。

「みっともねえ、痛い、痛いと言うんじゃねえよ。自業自得《じごうじとく》だろうが、三島宿まで這《は》って行きやがれ！」

権平が男の頭をこづいた。情け容赦《ようしゃ》しない。

「富松、この辺りに医者はいるか？」

「へい、三島宿の入り口におりやす、藪《やぶ》ですが……」

「藪でも何んでもいい。その男は這うこともできまい。駕籠に乗せて行って医者の前に捨ててしまえ！」

勘兵衛も結構な非情だ。

お房が慌てて駕籠から降りると、権平がお房の代わりに男を押し込んだ。三島宿の藪医者の前で男が捨てられた。

その医者から伊豆屋までは一町も離れていなかった。

「富松、ご苦労だった。これは酒代だ」

藤九郎は富松に小判二枚を渡した。

「青木さま、そんな駕籠賃などいただけませんで、お奉行さまのお陰でいい商売をさせていただいておりやすので……」

「遠慮するな。これを受け取らないと二度と使わないぞ」

藤九郎が脅す。

「あっしらに小判なんて……」

「いいから取れ！」

藤九郎が富松に押し付けた。

「お奉行さま、有り難く頂戴《ちょうだい》いたしやす」

「うむ、気をつけて帰れ……」

「へい、お帰りをここで待っておりやす。御免なすって……」

富松と権平が空駕籠を担いで山に戻って行った。

「三島宿は大きな宿場でございます」

「そうだな、ここには三嶋大社《みしまたいしゃ》がある。その門前町だから繁盛《はんじょう》しているのだろう」

「三島は幕府の天領《てんりょう》で？」

「そうだ。伊豆を治《おさ》めるため、この三島に伊豆代官所がある」

伊豆にも韮山《にらやま》代官所があったが、江川太郎左衛門《えがわたろうざえもん》家は四千八百石だけで、ほとんどは三島代官所が伊豆を支配していた。だが、やがて韮山代官所の江川家が、元禄《げんろく》期に伊豆十万石を支配するようになる。

「お奉行、ここが伊豆屋です」

三人が旅籠の伊豆屋の前に立った。

「お武家さま、いらっしゃいまし、あれ、お房か？」

「お姉ちゃん……」

泣きそうなお房が姉のお君に抱きついた。

「お君か？」

「はい、お君でございます」

「わけあって、お房は藤沢宿からわしの妻になった」

「えッ、あのうお武家さま、お泊まりで……」

「そうだ。上がるぞ！」

「はい、すぐすすぎを……」

お房を放り出して、お君は勘兵衛の世話をする。太刀《たち》を鞘ごと抜いて敷台に座ると草鞋《わらじ》を脱いだ。お君が懐から布を出すと勘兵衛の足を拭いた。

「二階の奥にご案内します」

お君の同僚が勘兵衛を旅籠で一番広くいい部屋に案内するという。

「お願い……」

「お姉ちゃん、江戸の北町のお奉行さまなんだ……」

「えッ、あのお方が江戸のお奉行さま？」

「そう……」

「あんた、何か悪いことでもしたの？」

「うん……」

「ああ……」

「お君、わしも上がるのだが……」

「お姉ちゃん、お供の青木さまです」

「は、はい……」

忙しいお君だ。藤九郎とお房も敷台に上がって二階に案内された。

「お房、少し足を揉んでくれ……」

「はい……」

勘兵衛はお房を気に入っている。ニコニコと機嫌がいい。

賢く気の利くお房を気に入って、肩を揉ませたり足を揉ませたりする。旅先でもなければ、勘兵衛は決してそういうことはしない。

「お房、お前とお君は瓜二《うりふた》つだな？」

「はい、小さい時からそう言われていました」

「間違われたことはあるか？」

「あります」

お房がニッと小さく笑った。それほど姉妹は幼い頃からよく似ていた。お房が勘兵衛の足をさすっているところに、伊豆屋の主人庄八《しょうはち》と女房のおうのにお君が現れた。

三人は江戸の北町奉行と聞いて驚き、お房が悪いことをしたというので怯えている。北町奉行と言えば相当に偉い人だと誰もが知っている。そんな人がひょっこり前触《まえぶ》れもなく現れたのだから仰天《ぎょうてん》するのは当然だ。

三人は部屋に入ると並んで平伏した。

「主《あるじ》の伊豆屋庄八にございます。これは女房のおうのとお君にございます。本日はお泊まりをいただき有り難く存じます」

「伊豆屋庄八、その女将《おかみ》のおうのに頼みがある」

「はッ、お奉行さまのご命令とあらばどのようなことでも……」

「うむ、これは北町奉行米津勘兵衛の命令である。伊豆屋庄八、そこでは遠い、ここへ近《ち》こう寄れ！」

「はい……」

芝居がかって大仰《おおぎょう》に言う。伊豆屋が広い部屋の中ほどまで進んで平伏する。

「伊豆屋、ここにいるお房がお君の妹だと知っているか？」

「はい、先ほどお君に聞きましてございます」

「そうか、そこでこのお房を匿《かくま》ってもらいたい。誰が探しに来ても知らぬ存ぜぬで通してもらいたい。できるか？」

「はい、畏まってございます」

「女将とお君もいいな？」

「はい！」

「伊豆屋、お房を身延の親元に帰してはならぬぞ。すぐ見つかってしまうからな」

「承知いたしました」

勘兵衛は、苦労するためだけに生まれてきたお房を助けたい。吉原には帰したくないと思っている。

「それでな伊豆屋、実は、お房の腹には子がいるのだ」

「お、お子が？」

伊豆屋夫婦とお君が仰天してお房を見た。天下のお奉行の足を揉んでいるお房を見れば、誰だってその腹の子はお奉行の子だと思う。

「お房、もういいぞ……」

「はい……」

お房が下がって藤九郎の傍に座る。

「伊豆屋、無事に子を産ませてやってくれるか？」

「はい、畏まりました」

勘兵衛は誰の子か言わない。

幸吉はもう死んでいるのだから、親が誰かはどうでもいいことだ。まず、無事に産ませることだ。親子二人でなら、生きる気力も違うと思う。

お房も幸吉は吉原の忘八たちに殺されたのではないかと思い始めていた。

お奉行はそのことを知っていて、足抜けという悪いことをした自分に、子を産ませるために匿うという慈悲をくださるのだとお房は思った。

勘兵衛はお房の子を江戸町奉行の子だと誤解するならそれでいいと思っている。お房もそのことに気づいていた。

誤解のままなら肩身の狭い思いをしないで済むからだ。

お房とその腹の子は、勘兵衛の大きな愛に包まれている。藤沢宿で偶然にも勘兵衛と出会ったことで、お房の運命は大きく変転し始めていた。

人の運命が変わる時、多くの場合、人との邂逅《かいこう》によってである。偶然であれ必然であれ、人と人が出会うことはそこに運命が絡《から》んでいる。

た。


勘兵衛と出会ったことが、お房に幸運をもたらすことになった。

三人が下がるとお房も姉のお君と出て行こうとする。それを勘兵衛が呼び止め
「お房、ここに座れ……」

戻ってきてお房が勘兵衛の前に座った。

「藤九郎、三十両をお房に与えよ」

「はい……」

藤九郎は喜与から五十両を旅費として預かってきたが、その中から三十両を米津家の袱紗《ふくさ》に包んでお房に渡した。

「こんなにたくさん……」

お房が驚いて受け取らないが、藤九郎が強引にお房の手に持たせた。

「大切に持っていろ！」

藤九郎が叱るように言う。

袱紗には米津家の珍しい棕梠《しゅろ》の家紋が入っている。丸に天狗の羽団扇《はうちわ》のような棕梠の葉の図柄の家紋で、滅多に見られない。

「お房、いざという時はわしの名を使ってもいいが、使い過ぎるとお前が困った

ことになるから気をつけるようにな……」

「はい……」

「丈夫な子を産んで二人で生きていけ。空は曇る時もあれば晴れる時もある。人の一生も同じだ。わかるな？」

「はい……」

「子が歩けるようになったらわしに会いに来い。箱根の富松と権平に江戸まで連れてきてもらえ、それまでに、お前と子が江戸を歩けるようにしておこう」

「はい……」

有り難いことに、勘兵衛がお房の罪を消しておくというのだ。お房がうつむくとぽたぽたと涙がこぼれた。

「子が生まれたら、その三十両で小さな茶店でもやればいい。代官所に話をしておいてやろう。まず、その子をしっかり育ててみろ、いいな？」

「はい……」

その夜、涙の止まらないお房は勘兵衛の傍で丸まって眠った。

第四章　丁子屋《ちょうじや》

「お帰りにもお立ち寄りをお願いいたします」

「うむ、そうしよう」

翌朝、まだ暗いうちに勘兵衛と藤九郎は、伊豆屋夫婦とお君とお房の姉妹《しまい》に見送られて旅立った。

三島宿から蒲原《かんばら》宿まで九里（約三六キロ）を歩くための早立ちだ。

箱根峠《とうげ》を越えて、主従二人の本格的な旅になる。江戸にいてあまり歩かない勘兵衛も、だいぶ歩くのに慣れてきた。

三島宿から沼津宿までは一里半（約六キロ）しかなく、素通りして原《はら》宿までさらに一里半を歩いてから休息を取る予定だ。

東海道の旅は駿河、遠江までは富士山と同伴である。

雄大な富士山は振り向くとそこにあるが、不思議なお山で離れれば離れるほど優美《ゆうび》な山に変貌《へんぼう》する。

一度見ると忘れられない美しい山で、富士信仰は古く山宮浅間神社《やまみやせんげんじんじゃ》は大同元年《だいどう》（八〇六）、平城《へいぜい》天皇の御代《みよ》と言われ、その神紋《しんもん》が丸に棕梠《しゅろ》の葉で米津家と同じである。

米津家の発祥はこの浅間神社なのかもしれない。だが、それは定かではない。

浅間《あさま》とはアイヌ語で火を吹く燃える岩という意味とか、富士山と浅間山は一体で、荒ぶる火の神という意味とか、九州の阿蘇山《あそさん》の意味とか諸説ある。

江戸期には富士講《こう》などという信仰が生まれ、富士山の神を祀《まつ》る小さな富士山をあちこちに作る。これを富士塚《づか》と呼んだ。

富士山の美しさは大自然の奇跡《きせき》である。

藤九郎が時々振り向いて富士山を見る。一度振り返ると気になって、何度も振り返るのが富士山なのだ。

旅人は誰もが富士山に心を奪《うば》われる。

美しい富士山は、京に上る別れの富士がいい。二人は原宿まで三里を歩いて、茶店の縁台に腰を下ろした。

「いらっしゃいまし……」

「へい、ありがとうございます」

歯のない老婆《ろうば》は少し腰が曲がっている。話すと空気が漏《も》れるようだ。

「三里は少々歩き過ぎたかと？」

「気にするな。これまでがのんびりし過ぎた」

「お房が道連れになりましたので……」

「うむ、吉原の忘八が追ってくると思うか？」

「はい、あきらめて江戸に戻るとは思われません。箱根で湯治をしている間に、身延へ向かったとも考えられます」

「なるほど、追い越されたか？」

「親が脅《おど》されれば、お君のことを話すかもしれません」

「だが、お君はお房の居場所を話すまい？」

「はい、そのように思います」

「忘八どもは探しながら江戸に戻るか？」

「そこが難しいところかと思います」

「お待ちどおさま……」

「茶を二つ……」

老婆が二人の間に茶を置いた。街道を半町（約五四・五メートル）おきぐらいに旅人が行き交《か》う。茶屋の縁台はほぼ満席だ。

「お房が見つかることはあるまい？」

「はい、伊豆屋がどこへ隠すかによりますが、不慣れな江戸の忘八が、易々《やすやす》と探し出すことはできないかと思います」

「お君に乱暴はしないだろうな？」

「忘八を連れているのが文六ですから、あまり手荒なことはしないと思います」

「そうか……」

勘兵衛は銀煙管を出して一服し、茶を喫《きっ》すると出立《しゅったつ》した。

原宿から吉原《よしわら》宿までは三里六町（約一二・七キロ）である。

この間の街道には松並木が植えられているが、街道を行くと富士山は右側に見えるのだが、途中で富士山が左側に見える場所がある。そこはやがて左富士の見えるところといって有名になる。

ちなみに街道に並木を植えるようになったのは信長で、尾張や美濃《みの》の街道を整備した時に、道端《みちばた》の補強のためと、旅人や馬の日陰のために植えたという。

左富士を過ぎてしばらく行くと吉原宿に着いた。

原宿から吉原宿までの三里六町は、箱根八里に次いで遠い距離である、東海道で宿場から宿場まで三里以上というのは、五十三次《つぎ》の中で十二カ所しかない。最も遠いのが尾張宮《みや》宿から伊勢桑名《いせくわな》宿まで舟で七里（約二八キロ）であり、その次が小田原宿から箱根宿までの四里八町である。

この四里八町は、山登りのため特に難所と言われていた。

二人はその難所は越えている。

吉原宿に入って一休みした。旅ではいかにうまく休息を取るかが大切という。九里という長丁場を歩くにはことに重要だ。

休息を取り過ぎても、速く歩き過ぎてもまずいことになりかねない。

旅の達人は急がず弛《ゆる》まずである。

先を急ぐことは大禁物《だいきんもつ》なのだ。足を痛めるとそこで旅は終わってしまう。駕籠か馬の旅にするか、回復するまで何日も逗留《とうりゆう》するかである。何よりも藤九郎は勘兵衛の足の具合を心配していた。

「ここまで六里（約二四キロ）か？」

「はい、ここから蒲原宿までは二里三十町（約一一・三キロ）にございます」

「九里とは歩きでがあるな？」

「はッ、九里になると少々歩き過ぎになります」

「なるほど……」

「六里では短く、九里では歩き過ぎという厄介《やっかい》な長さにございます」

「旅慣れている者にはさほどでもないのだろうが、慣れないわしには少し遠いか？」

「恐れ入ります」

「この先が富士川《ふじかわ》だな？」

「はい、街道から身延に入り、甲斐に向かう道がございます」

甲斐と駿河を結ぶ重要な道で、富士川沿いに上流へ北に伸びて、駿州道《すんしゅうどう》とも甲州道とも身延街道ともいう。

主従二人は吉原宿で一休みすると富士川に向かった。

吉原宿と蒲原宿のほぼ中間にある大河、富士川は川幅も広く急流で水量も豊富である。後に最上川《もがみがわ》、球磨川《くまがわ》と並んで富士川は三大急流などといわれる。

甲斐を流れる時は釜無川《かまなしがわ》という。その釜無川が笛吹川《ふえふきがわ》と合流すると、富士川と呼ばれるようになる。

甲斐の清流は、大河となって富士山の西麓《せいろく》を流れ駿河の海に達する。急流は舟を呑《の》むとまで言われた。正月から九月までは夏川といい、十月から十二月までを冬川という。

夏川の常《つね》の水深は八尺（約二・四メートル）とされ、十尺（約三メートル）に達すると馬の渡しは中止、十一尺（約三・三メートル）になると川留めと決められる。冬川は常の水深を六尺（約一・八メートル）とされ、八尺になると馬の渡しが中止、九尺（約二・七メートル）に達すると川留めとなった。

この百年後、正徳《しょうとく》元年（一七一一）の船賃は十六文、その百年後の文政《ぶんせい》十一年（一八二八）の船賃は十九文と、百年間で三文の値上げは安定していたといえる。その後は急に船賃が高騰する。

富士川の渡船《とせん》は、縦《たて》流しと横流しがあった。

縦流しとは甲斐から駿河へ人や荷物を北から南に流す。横流しとは富士川の東岸岩本村《いわもとむら》から西岸の岩淵村《いわぶちむら》へ東海道の渡しとして舟を流した。

この富士川の権利は、岩淵村が二に対して岩本村は一とされた。

そのため岩淵村は、吉原宿と蒲原宿の中間の宿場のようになり、川留めになると岩淵村は江戸と同じだと言われ、この後に本陣《ほんじん》となる常盤《ときわ》家などは大繁盛することになった。

家康の江戸防衛の考えから、東海道の川には橋を架《か》けない方針を幕府は貫《つらぬ》くが、その川渡しの方法は二つあって、多摩川、相模川、富士川、天竜川《てんりゆうがわ》などは舟渡し、興津川《おきつがわ》、安倍川《あべかわ》、大井川《おおいがわ》などは徒歩渡しと決められた。

富士川の舟渡しには定渡船《じようとせん》と高瀬船《たかせぶね》があった。

定渡船は定期の平底《ひらぞこ》川舟で平田船《ひらたぶね》と呼ばれる。長さ五間四尺（約一〇・二メートル）、幅五尺二寸（約一・六メートル）。五人の水主《かこ》で船を操《あやつ》り人なら三十人乗り、馬なら四頭までとした。常備六艘《そう》である。

一方の高瀬船は幕府御用とか大名の渡河《とか》に使われる。長船《ながふね》と呼ばれ長さ七間二尺（約十三メートル）、幅五尺八寸（約一・七メートル）、水主三人で操り二十四人まで人を乗せた。常備十八艘。

二人は岩本村から対岸の岩淵村へ渡船した。

この岩淵村には栗《くり》の粉餅《こもち》というちょっと変わった名物ができる。

東海道は京と江戸をつなぐ表街道で整備が進んでいた。家康が好んだ駿府城も街道上にあって、道がきれいにされたともいえる。

蒲原宿まで九里を歩き切った主従は疲れた。夕餉が済むとすぐ寝てしまう。三河米津村までの旅はまだ半《なか》ばである。

翌朝、勘兵衛は旅が楽しくなってきたのか元気がいい。

朝餉《あさげ》を取ると「藤九郎、今日はどこまで歩く？」と聞いた。

「本日は府中《ふちゆう》宿まで七里八町（約二九キロ）にしたいと思います」

「七里か、ちょうどいいな」

「途中には薩埵峠《さつたとうげ》と興津川という難所がございますが、興津川は徒歩渡しにございます」

「そうか、権現さまの薩埵峠だな？」

「はい、かつては東海道の親不知《おやしらず》と呼ばれた難所にございます」

藤九郎はなかなかの物知りである。

「よし、今日は七里だ。行こう」

勘兵衛は帰りのことは後で考えることにして、江戸から三河米津村までは歩くつもりだ。墓参するのに馬や駕籠に乗っては、苦労した先祖に申し訳ない気がする。そんなところは頑固《がんこ》な勘兵衛だ。

蒲原宿から由比《ゆい》宿までは一里しかない。半刻（約一時間）あまりで歩いた。由比宿から興津宿までは二里十二町（約九・三キロ）でその間に薩埵峠と興津川がある。

その昔、この難所は薩埵山が海に突き出していて、その海岸を波の引いた時に駆《か》け抜けないと、波にさらわれる恐ろしい場所で、越後の親不知と同じように怖がられた。

それを家康は慶長十二年に朝鮮通信使《ちょうせんつうしんし》を通すため、海の道から山の道に切り替えて整備し薩埵峠を東海道とした。

この薩埵峠が実に風光明媚《ふうこうめいび》で絶景である。

西側から薩埵峠に登った朝鮮通信使は、目の前に広がる広大な海と、その上に優美に聳《そび》える富士山を見て度肝《どぎも》を抜かれたことだろう。

家康に朝鮮通信使を驚かそうという目的がなかったとは言えない。

その江戸も末期になり、公武融和《こうぶゆうわ》のため和宮内親王《かずのみやないしんのう》が将軍家茂《いえもち》の御台所《みだいどころ》に降《こう》嫁《か》すると決まるが、薩埵は「去った」と聞こえることから東海道を使わず、中山道《なかせんどう》を下ることになるなどいわくつきの薩埵峠でもある。

主従は薩埵峠にしばらく立って絶景を楽しんだ。

「この峠からが一番の眺めか？」

「はい、この薩埵峠とこの先の三保《みほ》の松原《まつばら》は甲乙《こうおつ》つけがたいかと……」

「そうか、三保の松原があるか？」

「海からの富士が好きか、山からの富士が好きか、難しいところかと思います」

「なるほど、両方、それぞれではないのか？」

「はい、峠の富士は風の音、海の富士は波の音というところでしょうか？」

「藤九郎はいいことを言う。風の音と波の音か、確かに富士山にはどちらの音も似あうな？」

「はい……」

「不思議な山だ……」

勘兵衛がつぶやいた。薩埵峠を下れば興津川で、徒歩渡しで渡河すれば興津宿だ。

徒歩渡しというのは、川人夫が客を肩車で渡したり、屋根や囲いのない手摺《てすり》の山輿《やまこし》に乗って川を渡ることである。

このような輿は塵取《ちりとり》輿とか坂《さか》輿、川を渡る蓮台《れんだい》などともいわれた。

興津宿から江尻《えじり》宿まで一里三町（約四・三キロ）、そこから駿府城下の府中宿までは二里二十九町（約一一キロ）である。

駿府城は家康が存命の頃、城下は十二万人と言われた。江戸、京、大阪に次ぐ大きさだった。

家康が死去して、事実上十男頼宣《よりのぶ》が城主である。

この年の一年後、元和五年（一六一九）に頼宣が紀州《きしゅう》に移封され紀州徳川家を立てる。その後には将軍秀忠の三男忠長《ただなが》が元服《げんぷく》してから、駿河、遠江、甲斐の五十五万石で入り駿河大納言《だいなごん》と呼ばれた。

将軍家光と不仲の忠長が改易《かいえき》になると駿府城には大名を置かずに幕府の直轄《ちょっかつ》とし、駿府城代と駿府町奉行が置かれる。

駿府城主頼宣が紀州に行ってしまうと、一時的に伏見城番の渡辺《わたなべ》久三郎が城代を務めた。

駿府城下の米津本家は改易になり何も残っていない。徳川家十六神将《しんしょう》の米津常春との思い出だけが残っていた。

「馬鹿者《ばかもの》の勘十郎《かんじゅうろう》のことは忘れろ。これから子を作れ！」

伯父の常春はそう言って勘兵衛を励ました。それから勘兵衛は四人の子をもうけたのだ。その伯父はもういない。

勘兵衛は知人を頼ることなく旅籠に泊まることにした。

「今日は旅籠に泊まろうか？」

「はい、駿府城下は大きいですから旅籠も多いようです」

「うむ、適当なところでいいだろう」

「畏まりました」

米津本家が大久保長安事件に巻き込まれ、改易になったことを藤九郎も知っている。

藤九郎の懐《ふところ》は、既《すで》に二十両を切っていて心細い。贅沢《ぜいたく》のできない旅になっていた。もちろん、若干《じゃっかん》の予備費は持っている。

身分を隠しての旅だから、見栄《みえ》を張る旅籠に泊まる必要はない。

客引きの女に呼び止められるまま旅籠に入った。

府中というのは国府《こくふ》の置かれた地のことで、府中宿は駿河の国の中心という意味で、武蔵国には武蔵府中があり甲斐国には甲斐府中がある。

この府中宿を過ぎるとすぐ安倍川で、その先が「箱根八里は馬でも越すが、越すに越されぬ大井川」ということになる。

この安倍川も大井川も徒歩渡しの川だった。

このところ二人は夕餉を取るとすぐ寝てしまう。たっぷり寝ないと長旅は辛いことになるからだ。

長旅で大切なことは幾つもあるが、たっぷり寝てたっぷり食べて急がずに歩くことのようだ。朝餉はいつもしっかり食べてから出立した。

翌日は府中宿を発ち安倍川を渡り、大井川を越えて金谷《かなや》まで八里十二町（約三三キロ）を歩く予定だ。

ところが安倍川には安倍川餅《あべかわもち》がある。

ある時、家康が茶店に立ち寄った。すると茶店の主人が餅に黄《き》な粉《こ》をまぶして、「安倍川の金な粉餅でございます」と言って差し出した。

安倍川の上流からは金が産出する。

古くは安倍川から多くの砂金を取ったという。それになぞらえて、家康好みの黄な粉餅に仕立てたのが安倍川餅だった。

この餅が実に甘く美味であった。白砂糖が効いていた。

家康が大いに喜んだ。

以来、黄な粉餅が安倍川餅となった。

勘兵衛も餅好きである。

しっかり朝餉はとったが、安倍川餅を食さないわけにはいかないと言って食べる。だが、一里半先の鞠子《まりこ》宿ではとろろ汁が待っている。

江戸ではお文《ぶん》の舟月《ふなづき》に、こっそりとろろ汁を食いに行くほど、勘兵衛はとろろ汁も大好物なのだ。

鞠子宿は東海道五十三次の中で最も小さな宿場である。

その鞠子が宿場になったのは関ケ原の戦いの翌年からだ。

ことに関ケ原の戦い前、慶長元年に創業した丁子屋《ちょうじや》のとろろ汁は美味で、江戸時代を越えて四百二十年以上も旅人に愛されることになる。

丁子屋のとろろ汁を食べずして東海道と言うなかれだ。

安倍川餅ととろろ汁を食べた勘兵衛は岡部宿《おかべ》に向かった。岡部まで一里二十九町（約七・二キロ）の間には宇津ノ谷峠《うつのやとうげ》がある。

二百年後に怪談蔦紅葉《つたもみじ》宇都谷峠こと文弥《ぶんや》殺しの舞台となる。

岡部宿から藤枝宿《ふじえだ》までも一里二十九町、藤枝宿は田中《たなか》城の城下である。相良《さがら》で産する塩を東海道に出したのがこの藤枝宿であった。

その藤枝宿は塩で栄える。

この宿場には瀬戸《せと》の染飯《そめいい》という名物があった。

梔子《くちなし》の実で黄色に染めたもち米の強飯《こわめし》で、腹の空《す》いた旅人が茶店で一休みして食べるのに人気だった。

黄色で見た目もよく、何よりも梔子の実は消炎、鎮痛《ちんつう》、解熱《げねつ》などに効く漢方薬でもあり、旅人の足腰の疲れを取ると評判だった。

強飯で握《にぎ》りにして持ち歩くこともできた。

勘兵衛は安倍川餅を食い、丁子屋のとろろ汁を食い、またまた瀬戸の染飯を食うなど、いつも腹に何か入っている。

これこそ旅の醍醐《だいごみ》味だと藤九郎に言う。

藤九郎の方は腹痛でも起こさないかと心配していた。

藤枝宿から島田《しまだ》宿までは二里八町（約八・九キロ）である。この島田宿までが駿河国で、大井川を越えると金谷宿でそこは遠江の国となる。

勘兵衛と藤九郎が島田宿に到着した時、空は晴れて渡河には良い日和《ひより》だった。

二人は島田宿で一休みしてから大井川に向かった。

島田宿と金谷宿の間は一里しかないが、雨が降るとこの一里が十里にも二十里にも遠くなり、越すに越されぬ大井川になってしまう。

長雨になると川留めのため、旅人が所持金を、滞在費と遊興費とで使い果たすということが珍しくなかった。五月雨《さみだれ》や秋の長雨になると江戸側の島田宿と、京側の金谷宿は江戸の賑《にぎ》わいを越える繁盛だった。

次々と客が押し寄せ相部屋に旅人はぎゅうぎゅう詰めにされる。

雨がやんでも増水した川は数日の間川留めが続いてしまう。その間にまた雨が降り出すなどということは珍しくない。

駿河と遠江の国境《くにざかい》である大井川は、東海道一の難所ということができる。

家康の駿府城の外堀が大井川であり、将軍の江戸城の大外堀の意味もあった。

そんな役割の大井川には橋を架けないばかりか、舟を使う渡しも禁じたのである。その上、東海道筋には幕府の天領を置き、大名も、親藩《しんぱん》や譜代《ふだい》の大名を並べて、家康は駿府城と江戸城の守りとした。

二重三重四重の防御である。

勘兵衛と藤九郎が河原《かわら》に下りて行くと川人足《かわにんそく》が屯《たむろ》している。

「お武家さま、蓮台でも肩車でも引き受けますぜ、今日は水が引いていい塩梅《あんばい》なんで、お安くしておきますが？」

などと声をかける。

まだ、川越えの決まりや料金が定まっておらず、客と川人足との話し合いで手間賃が決まっていた。おおらかだったのである。どこの川もそうだった。

「お武家さま、一人二十文というところでいかがです？」

「二十文は高かろう。十文にしておけ……」

「旦那《だんな》、十文は殺生《せっしょう》ですぜ、家じゃかかあと子どもが口開けて待っているんだ。この稼業《かぎょう》もなかなか苦労なんでござんすよ……」

「よし、それじゃ、間を取って十五文でどうだ」

「酒代《さかだい》をあと一声？」

「商売上手だな。十七文で手を打とう」

「へい、畏まって候でござんす」

などと交渉して手間賃を決めた。

「おい、十文以上は出ないぞ。さっさと渡せ！」

などと強引に値切って川人足を見下すと、ひどい目にあわされることになる。

川人足も人の子でおもしろくないと、わざと深いところに客を連れて行って転んだりする。

そんな事件が時々起きた。

「あの野郎、またやってやがるぜ。いい客がつかねえんだな？」

「そうかい、おもしろがっているんじゃねえのか？」

「そのうち、お武家に斬《き》られちまうぜ……」

「あいつは短気だからな」

「いい加減にしねえとまずかろうよ」

「おめえがいってやれ……」

川人足の気性《きしょう》もさまざまで結構荒っぽいのもいる。

第五章　棒渡し

　そんなことから、幕府はこの七十八年後、元禄《げんろく》九年（一六九六）に川越《かわこし》制度を決めることになる。

　島田宿に代官所が置かれ、川会所《かいしょ》が置かれて、島田と金谷に川庄屋《しょうや》というものが置かれることになった。代官の野田三郎左衛門《のださぶろうざえもん》が任命する。

　任命された橋爪助左衛門《はしづめすけざえもん》と塚本孫兵衛《つかもとまごべえ》の下に諸役が置かれ、毎日、水深を測《はか》って、その日の川渡しの値段を決めるという味気《あじけ》無さに変わる。

　川会所でその値段の川札を買う。

　水深によって股《また》通《どおし》四十八文、帯下《おびした》通五十二文、帯上通六十八文、乳《ち》通七十八文、脇《わき》通九十四文などと非常に高いものになった。これが川人足一人を雇う値段で、蓮台を使えば四人を雇うことになる。

　脇通九十四文で四人ということになれば川札四枚、川を渡るだけで三百七十六文となり半端《はんぱ》な値段ではない。ちなみに享保《きょうほう》の頃の米は一升四十文、酒一升八十八文、大工が一日百二十文というから、大井川の料金はべらぼうである。

大井川の常の水深は二尺五寸（約七五センチ）とされ、脇通の水深四尺五寸（約一・四メートル）を超すと川留めにした。ひどいのは常水の二尺五寸より少しでも増水していると、肩車には手張《てばり》という補助役が一人つくため川札が二枚必要だった。

蓮台になると手摺のありなしで値段が違う。

平蓮台一人乗り手摺なしが担ぎ手四人で川札四枚、それに蓮台の台札が二枚で担ぎ手二人分、川札四枚に台札二枚の六枚になり、脇通の場合、大井川を渡るのに五百六十四文と高価なものになる。

平蓮台二人乗りは、川札六枚に台札二枚で割安になった。

手摺欄干《らんかん》のある蓮台は、半手摺二本棒（前後の担ぎ棒二本）の半高欄《はんこうらん》蓮台が川札四枚に台札四枚の八枚。

四方手摺二本棒の中《なか》高欄蓮台が川札十二枚に台札二十四枚となり三十六枚。脇通の場合三千三百八十四文で大井川を渡るのに三両と三百八十四文もかかる。

さらに上があって、四方手摺四本棒（前後左右に担《かつ》ぎ棒《ぼう》が四本）の大高欄蓮台は川札二十枚に台札三十二枚となり五十二枚の川札が必要だった。

脇通の場合、大井川を渡るのに四千八百八十八文、つまりほぼ五両を必要としたのである。なんとも馬鹿々々しく優雅《ゆうが》である。

江戸時代も百年近く経《た》つと、こういうことを大真面目《おおまじめ》でやっていたのだから、天下泰平何事もなしである。人は泰平に慣れると時々こういうことを平気でやってしまい、金銭感覚が麻痺《まひ》してしまうのかもしれない。

いくら何んでも大井川を渡るだけで五両はないだろう。

ところが、この時代は一方で貧乏人には実にやさしいのである。

大井川の川渡しは、肩車や蓮台渡し、馬渡しだけだと思いがちだが、棒渡しというのがあって、長い棒の両端を川人足が持って、銭のない旅人が何人も、その棒につかまって大井川を自力で歩くのだ。

みんなで渡れば大井川もへっちゃらさという。

この棒渡しは無料だったともいわれる。自分で歩いて渡るのだが、それでも一文二文の、ありがとうのつかまり料は払ったと思われる。

人々はみなやさしかった。

川人足は島田に三百五十人、金谷に三百五十人常備され、幕府直参《じきさん》の下級官吏《かんり》った。

が務《つと》めることになる。役人が川人足をするのだから、値段が高騰するのは当然だ

「行こうか？」

勘兵衛の渡し賃が決まった。

「へい、このところ雨が降らないので水は膝《ひざ》上ぐらいで……」

「そうか、冬になると水は少なくなるが、雪山からの水は冷たいであろう？」

「へい、よくおわかりで、お武家さまは相当ご身分の高いお方でござんすね？」

「ほう、そんなことまでわかるのか、わしがどこかの大名だとでもいうのか

な？」

「いや、旦那はそんな生易《なまやさ》しいお方じゃねえ……」

「十万石の大名か？」

「そんなんじゃねえです。立派なお武家さまが中を取って値切るところなんざあ

並《なみ》のお方じゃねえ……」

「ほう、ただの貧乏侍かもしれぬぞ」

「旦那の腰の物は立派だ。どう見たって着ているものも言葉も、お連れの供の方

も並じゃねえ。江戸の将軍さまのお傍《そば》におられるんじゃねえかと思うんでござん

すが……」

藤九郎がニッと笑った。

「わしが将軍さまのお傍にか、ずいぶん持ち上げたな」

「いや、そうじゃねえです。あっしらのような者の話を聞いてくれるお武家さまはいねえ、旦那はお大名のように半端じゃねえんで、相当に偉いお人に間違いないんだが……」

「そなたの名は？」

「へい、与平《よへい》と言いますんで、こういう稼業をしていると匂うんですよ。偉そうだがこの人はそれほど大したことがねえとか、浪人だが相当身分のあったお武家さまだとか……」

「そうか、与平、そろそろ担いでくれるか。日が沈んでしまうぞ」

「へい、小三次《こさんじ》、お連れさまを担いでくれるか？」

「あいよ！」

二人とも頑丈《がんじょう》ないい体の川人足だ。

大井川は川幅の広い大河で、その源《みなもと》は間ノ岳《あいのだけ》にあるという。富士山、北岳《きただけ》に次ぎ、穂高岳《ほたかだけ》と並ぶ高峰である。

勘兵衛を肩車に、与平が大井川を渡り始めた。大きな中洲《なかす》があって流れが二つに分かれているが、西側の流れが少し深い流れだった。

冬の大井川は水が澄んで、その冷たさは尋常ではない。

「お武家さまは江戸のお奉行さまではねえんですかい？」

「ほう、どうしてそう思う？」

「勘でござんすよ。江戸のお奉行さまは鬼より怖いそうですが、あっしはそうは思わないので、逆にやさしい人じゃねえかと思うんですよ……」

「わしがそのお奉行さまか？」

「へい、そんな気がしたんで、天下のお奉行さまがお供と二人だけで、こんなところに来るはずがねえんですが……」

勘兵衛は答えに困った。

三間（約五・四メートル）ほど離れて、小三次が藤九郎を担いでいる。

勘兵衛はまぐれでも正体を当てられたことに驚く。こういうことがあるから旅は楽しいのだ。

対岸の金谷側にも、陽が落ちる前の最後の渡しで大井川を渡る旅人が屯し、渡し賃の交渉をしている。

「藤九郎、与平に酒代をはずんでやってくれ……」

「はい……」

「与平、当たらずとも遠からずだ。いい勘をしているな」

「恐れ入りやす」

与平がニッと笑った。

その日、勘兵衛と藤九郎は金谷宿で泊まった。前日が七里八町、この日が八里十三町（約三三キロ）と歩き、旅慣れてきた。だが、藤九郎は決して無理をしない。

翌日は見付《みつけ》宿まで七里五町（約二九キロ）にする予定だ。

一日二日急いで勘兵衛の足に異常が起きれば困ることになる。それだけは回避したいのが藤九郎の考えだ。

江戸を発って十日になる。

慎重によく歩いてきた。藤九郎の計画ではあと五日で米津村に到着できるはずだ。

いつものように夕餉を取ると、二人は早々と寝てしまった。

その夜、二人の泊まった旅籠に枕探しが出た。

廊下の人の気配に藤九郎が目覚めた。

枕探しは疲れて熟睡している旅人の枕元に忍び込んできて、金品を盗み取る泥棒のことで邯鄲師《かんたんし》ともいう。

勘兵衛も目を覚ましていた。

枕探しは武家の泊まっている部屋だとわかっているのか入ってこない。

そのうち廊下から気配が消えた。だが、それで終わりではなかった。

枕探しは既《すで》に狙《ねら》った仕事を二つ終わらせている。その旅人たちはさほどの小判も銀も持っていなかったようで、再び危険を冒《おか》して出てきたのだ。

こういう無理をする時は失敗することが多い。

枕探しは戸を開けて部屋に入ってくると、その場にうずくまって気配を消す。

静かに這って藤九郎の枕元まできて荷の小さな包みに手を出した。

その時、藤九郎の刀が枕探しの首を押さえた。

「動くと首が落ちるぞ」

「ヒイーッ……」

「女か?」

勘兵衛も褥《しとね》に起き上がった。

「ご勘弁《かんべん》を……」

女が藤九郎の刀に首を押さえられ畳に這いつくばっている。

「相棒は？」

勘兵衛が聞いても女は答えない。藤九郎が刀で首を押した。

「ヒイーッ……」

「お答えしろ、首が落ちるぞ」

「と、隣の隣で……」

「藤九郎……」

「はい……」

藤九郎が部屋を出て行くと、勘兵衛は女に部屋の明かりをつけさせた。藤九郎が女の言う部屋の戸を開けると、男が飛び起きて逃げようとする。

「逃げるなッ、卑怯《ひきょう》者ッ！」

着物の襟《えり》をつかんで男を引き倒した。

「くそッ！」

「観念《かんねん》しろ、女は捕まった。逃げればその首が胴から離れるぞ」

藤九郎は男の襟をつかんで勘兵衛の部屋まで引きずってきた。男は三十そこそこで、女はまだ三十にはなっていないようだ。

勘兵衛に顔を晒《さら》してしまった枕探しの二人はもう神妙《しんみょう》だ。

「名前を聞こうか？」

「あっしは亀助《かめすけ》、これはお吉《きち》で……」

「二人は夫婦か？」

「いいえ、親子なんで……」

「親子？」

「へえ……」

藤九郎が驚いて勘兵衛を見た。どう見ても親子には見えない。

「あっしが三十八で娘が二十なんで……」

亀助が面目《めんぼく》なさそうに言う。

「家はどこだ？」

「へい、見付宿の先で……」

勘兵衛がお吉に詳しいことを聞くと、亀助は見付宿の先の百姓で、女房とお吉の弟の四人暮らしだという。

小百姓で暮らしは貧しかった。苦し紛《まぎ》れの犯行である。

「亀助、旅の途中で路銀を盗られた旅人が、どんなに困るかわかっているのか？」

勘兵衛ににらまれて亀助は縮みあがった。お吉は泣きそうな顔でうつむいていたが勘兵衛の怒りに怯えている。

騒ぎに目を覚ました旅籠の主人が眠そうな顔で現れた。

「夜分《やぶん》、恐れ入ります……」

「入れ……」

勘兵衛が呼び入れると、部屋の様子から主人は何があったかすぐわかったようだ。

「お武家さま、この野郎は枕探しで？」

「そうだ。金品を盗られた客がいるはずだ。調べてくれ！」

「はい、早速に……」

眠気が吹き飛んだ主人が出て行くと、すぐ路銀を盗られた客二人を連れて戻ってきた。

「お武家さま、お二人とも路銀をやられまして……」

旅籠の主人が怒って亀助をにらんだ。

「この野郎、ぶっ殺す！」

路銀を盗られた若い男が怒り狂っている。

「怒るのもわかるが、待て、待て、亀助、盗ったものを出せ！」

観念している亀助は勘兵衛ににらまれて、渋々懐《しぶしぶふところ》からまだ奪ったままの金品を出した。

こういうことがあるから、旅人も路銀は二カ所以上に分けて持って歩く。枕探しや巾着切《きんちゃくきり》を警戒しているからだ。

ところが、若い男は荷物の中と胴巻きの中の二カ所の金品をやられたのだ。

身ぐるみはがされてそれで怒っていた。

「中を確かめて受け取れ……」

「へい……」

旅人の路銀は命の次に大切なものだ。

「確かに間違いなく……」

それぞれが中を確かめて引き取った。

「腹も立つだろうが、明日のこともあろうから寝てくれ。この二人は宿場役人に引き渡すことにする」

宿場役人とは宿場を円滑に運営するため、各宿に置かれた名主《なぬし》、問屋《といや》、年寄《としより》などのことで三役とも呼ばれ、重要な役割を果たすことになるが、まだ、すべての宿場に三役が揃《そろ》ってはいなかった。

三役は宿場の実力者である本陣や脇本陣の主人が務めた。

金谷宿は古い宿場だが、室町期には金谷宿より菊川《きくがわ》の方が発展していた。

それが家康によって東海道が整備されると、東に大井川、西に小夜《さよ》の中山《なかやま》という難所を持つ金谷宿が、交通の要衝として重要視され大きな宿場になる。

元禄期や天保《てんぽう》期には金谷宿の全長は十六町二十四間（約一・八キロ）、人口四千二百七十一人、家数千四百軒、川会所が置かれ、川人足三百五十人や馬百頭などが大井川渡しのために常備された。

「主、わしは江戸の北町奉行米津勘兵衛だ」

「お、お奉行さま……」

勘兵衛が身分を明かすと、旅籠の主人が身を引いてひっくり返りそうなほど驚いている。主人が勘兵衛に平伏すると、亀助とお吉も慌てて這いつくばった。

「忍びで三河まで墓参に行く旅だ」

「はい……」

「夜が明けたら宿場名主を呼んでくれるか？」

「はッ、承知いたしました」

「この二人は逃げられぬよう手足を縛《しば》り上げて転がしておけ……」

「はいッ！」

「まだ夜半《やはん》だ。騒ぎにせずもうひと眠りしよう」

旅籠の人々が目を覚まし起き出している。旅籠の主人が騒ぎになるのを収めると勘兵衛は寝てしまった。長旅に寝不足は禁物だ。

翌早朝、朝餉が終わるのを見計らったように、金谷宿の名主が旅籠の主人と勘兵衛の部屋に現れた。

「お奉行さまのお呼びにより参上いたしましてございます。金谷宿の名主にございます」

名主と旅籠の主人は入り口に平伏した。名主は北町奉行という話を主人から聞いた。十五年も江戸の町奉行を務める鬼の勘兵衛の噂は知っている。

「ご苦労、米津勘兵衛だ。名主に頼みがある」

「はッ……」

「亀助親子を見たか？」

「はい、先ほど見ましてございます……」

「あの者は見付宿に近い村の百姓だそうだが、罰を与えるのもいいがどうだろう、名主のそなたから川人足のような仕事を与えてくれないか？」

「川人足でございますか？」

「そうだ。枕探しは貧しさからやった悪事だ。養うべき妻子がいる……」

「畏まりました」

江戸の町奉行の恩情だとわかる。勘兵衛が話しているところに、藤九郎が亀助とお吉を連れて来た。

「亀助、これからは真面目に大井川の川人足をすることを命ずる」

「はい……」

「何事もここにいる名主に相談して悪事をしないことだ。名主、亀助が人の物に手を出した時はその場で殺せ、いいか？」

「はい、畏まりましてございます」

「娘のお吉のことだが、名主のところでやれる仕事はないか？」

「仕事……」

「そうだ。何か考えてやってくれぬか？」

観念している亀助とお吉が驚いて勘兵衛を見ている。

「わしは墓参を済ませたらここに戻ってくる。いいか亀助、それまで生きていろよ……」

「はい！」

平伏する小心《しょうしん》の亀助は、もう悪さはしないだろうと勘兵衛は思った。二人を罰することは簡単だが、見付宿の村にいる妻子の生きる道まで奪う気がした。

「名主、今日から亀助を川人足に出せ。お吉にも今日から仕事をさせろ……」

「承知いたしました」

勘兵衛は亀助とお吉の二人を宿場の名主に任せて三河に向かった。

第六章　米津村《よねづ》

金谷宿《しゅく》と日坂宿《にっさか》の間に小夜《さよ》の中山峠《なかやま》がある。

東海道の小夜の中山峠の道端に、遠州《えんしゅう》七不思議の夜泣き石があった。夜になると泣くという怪異な石だ。

峠の上には久延寺《きゅうえんじ》という寺があり、この小夜の中山峠は箱根峠、鈴鹿《すずか》峠と並んで東海道の三難所と言われる。

その昔、この峠にお石《いし》という身重《みおも》の女が住んでいた。

ある日のこと、お石は麓《ふもと》の菊川村《きくがわむら》で仕事をした帰りに、急峻《きゅうしゅん》な坂を上ってくると、にわかに陣痛に見舞われ、中山の丸石の松の根元にうずくまって苦しんでいた。

そこに轟業右衛門《とどろきごうえもん》という男が通りかかって、苦しんでいるお石をしばらく介抱《かいほう》してくれたが、そのお石が金を持っていると知ると豹変《ひょうへん》して、お石を斬り殺すと金を奪って逃げて行った。

何《な》んとも残酷なことだ。

ところが、そのお石の腹の傷口から子どもが生まれ出た。すると傍《そば》の大きな丸石にお石の霊が乗り移って泣いたという。

そのお石の泣き声のお陰で、久延寺の和尚《おしよう》に赤子が発見され、音八《おとはち》と名付けられて生まれた子は育てられた。

村人たちはその丸石を夜泣き石と呼んで恐れた。

音八は成長すると、大和《やまと》の国の刀研師《かたなとぎし》に預けられて弟子となり、修行をすると筋《すじ》がよくたちまち評判の刀研師となった。

そんなある日、音八は客の持ってきた刀を見て、「良い刀だが刃こぼれしているのが残念だ」というと、その客が刃こぼれの理由を話した。

「十数年前のことである。わしは小夜の中山峠というところで、妊婦を斬り捨てたことがあり、その時、傍にあった丸石に当たって刃こぼれしたのだ」

その話で音八は、この客が母を殺した男だとわかった。

「母の仇《かたき》ッ、尋常《じんじよう》に勝負しろッ！」

音八は、「お前がその時、斬り殺した女から生まれたのがおれだ」と、名乗りを上げて勝負をして勝ち、母親の仇を討ったという。

この話を聞いた弘法大師《こうぼうだいし》が、その夜泣き石に仏号《ぶつごう》を刻《きざ》んだと伝わる。

勘兵衛と藤九郎が小夜の中山峠に上ってくると、その夜泣き石は街道の道端にあった。

「これが夜泣き石だ」

勘兵衛はここを通るのは何度目だろうと思う。いつも家康と一緒だったように思う。

「なかなか大きな石で、夜泣き石とは恐ろしげにございます」

「この石の話は因果応報《いんがおうほう》ということであろう」

「はい……」

二人は立ち止まることなく日坂宿に向かった。この夜泣き石の噂があって、小夜の中山峠を夜に通る者はいない。

剛《ごう》の者が腕自慢に通ったりする程度だ。

金谷宿から日坂宿までは一里二十四町（約六・六キロ）で、その次の掛川宿《かけがわ》にには日坂宿から一里十九町（約六・一キロ）しかない。

金谷宿から掛川宿まででも三里七町しかないため、その中間の日坂宿は小さかった。

日坂宿は古い頃、入坂《いりざか》、西坂《にしざか》、新坂《しんざか》などと呼ばれていたが、幕府が日坂宿を宿場として整備した。

尾張岩倉《いわくら》織田家の重臣だった山内《やまのうち》家は、一豊《かずとよ》の代に信長の配下に入り、秀吉の家臣となって遠州掛川城五万千石を知行《ちぎょう》し大名となった。

家康に仕《つか》えた外様《とざま》大名の山内一豊は、関ケ原の戦いの功績により、慶長六年に東海道筋の掛川城から四国土佐の浦戸《うらど》城九万八千石に加増される。後に高直《たかなお》しによって山内家は二十万二千六百石が認められた。

掛川宿は城下町として栄えた。それに信濃《しなの》へ運ばれる塩の道である秋葉《あきは》街道《かいどう》も掛川宿を通っていた。

掛川宿から袋井《ふくろい》宿までは二里十六町（約九・七キロ）である。

袋井宿は江戸と京の中間の宿場で、双方から二十七番目の宿場だった。

遠州三山《さんざん》といわれる寺の門前町で栄えた。

袋井宿から見付宿までは一里半、見付宿は遠州磐田見付といい、古くは遠江国の国府が置かれた場所である。

天竜川の左岸（江戸側）にある宿場だ。遠江国分寺《こくぶんじ》や見付天神《てんじん》の門前町でもある。

勘兵衛と藤九郎は、予定通り七里五町を歩いて見付宿に泊まった。

次の浜松《はままつ》宿が実際の江戸と京の中間である。

見付宿から浜松宿までは四里七町（約一六・八キロ）と遠いが、その中間付近よりやや浜松よりに天竜川が流れていた。

天竜川は水深が深く徒歩渡しはできない。

古くは荒玉河《あらたまがわ》と呼ばれ、平安期には広瀬川《ひろせがわ》、鎌倉期には天《てん》の中川《なかがわ》と呼ばれたが、その後に天竜川と呼ばれるようになる。

川の流れが速く、竜が天に昇るようだということから天竜、また、天竜川の流れ出る諏訪湖の諏訪大社が、竜神を祀《まつ》ることから、川に天竜と名付けたという。

家康が甲斐の武田家と遠江の領有を争った川である。

翌朝、勘兵衛と藤九郎の主従は、舞坂《まいさか》宿までの七里一町（約二八キロ）に出立した。藤九郎は絶対に無理な旅をしない。

男の旅人は八里から十里は歩くが藤九郎はそうしない。

それが功を奏《そう》して、勘兵衛は一度も駕籠《かご》や馬を使っていなかった。

五十六歳の勘兵衛には大いに自信となった。なんとか三河の米津《よねづ》村まで歩ける目処《めど》が立ってきたからだ。

二里半ほど歩いて天竜川の左岸の池田《いけだ》村に入った。

天竜川は暴れ天竜と言われ旅人の難所の一つだった。古くは筏《いかだ》で川を渡していた。

西行法師《さいぎょうほうし》は「天竜川で舟に乗ったら、人が乗り過ぎているから舟から降りろといわれ、鞭《むち》で打たれた」と書き残した。

乱世になると渡船業の権利をめぐって度々《たびたび》争いが起きた。

家康は天正元年（一五七三）に朱印状《しゅいんじょう》を出して、その権利を池田村に与える。それは家康が武田軍と戦った時、家康が危機に陥《おちい》ると池田村が兵船《いくさぶね》を出して助けたからだ。

その功績で特権を与えた。

天竜川右岸の一色《いっしき》村にも同等の権利を与える。

大井川ほどではないが、舟渡しの天竜川にも川留めがあって、左岸の池田村と右岸の一色村は繁盛《はんじょう》した。

天竜川を渡って一里半ほど行くと浜松宿がある。

その浜松宿は浜松城の城下町で、駿河、遠江の中では一番大きい宿場だった。

「権現さまのお城だ」

「はい、権現さまが浜松城と改名なさったと聞きました」

「うむ、古くは曳馬《ひくま》城と呼んでいたのだ」

元亀元年（一五七〇）に家康が曳馬城に入ると浜松城と名を変えた。

この浜松城はこの後、歴代城主の多くが次々と幕府の重職に出世したことから、出世城と呼ばれるようになる。

浜松宿から浜名湖《はまなこ》の東岸舞坂宿まで二里三十町（約一一キロ）を歩いた。

舞坂宿は浜名湖の今切《いまぎれ》口の東岸にある。

浜名湖はその昔、砂州によって海に隔《へだ》てられていた。その湖は明応《めいおう》八年（一四九九）八月二十五日辰《たつ》の刻《こく》（午前七時～九時頃）に大地震が発生、地震によって大津波が発生すると砂州を一呑みにして消し去った。

砂州が切れて海と湖がつながった。

古くは浜名湖を遠津淡海《とおつあわうみ》と呼び、琵琶湖を近津《ちかつ》淡海と呼んだ。京から見て遠江と近江ということである。

今切は津波によって砂州が今切れたという意味である。

翌朝、勘兵衛と藤九郎は舟で今切口一里を渡った。浜名湖西岸の新居《あらい》宿には慶長六年（一六〇一）、家康によって今切関所こと新居関所が置かれた。

今切の渡しを越えて新居宿に上陸した二人は、一里二十四町（約六・六キロ）先の白須賀《しらすか》宿に向かった。

白須賀宿は遠江の最後の宿で次の宿から三河に入る。

この日は舞坂宿から新居宿まで渡船一里のため、舞坂宿から御油《ごゆ》宿まで九里、実際に歩くのは八里である。

白須賀宿から三河の二川《ふたがわ》宿までは二里十六町（約九・七キロ）、その二川宿は幕府の天領だった。

三河は徳川家の本貫《ほんがん》の地で天領が多い。

慶長六年に二川村と大岩《おおいわ》村の二村で宿場とした。

だが、二つの村は小さく十四、五町も離れていた。勘兵衛が通過した時、そんな小さな宿場だった。

天領とはいえどっちつかずの宿場だったため、この二十六年後に幕府は二川村を西に動かし、大岩村を東に移動させて全長十二町十六間（約一・三キロ）の宿場を作る。

それが新しい二川宿になる。

だが、大岩村を宿場とはせず、村のままで旅籠はなかった。

ここまで来れば三河の米津村はもうすぐである。

二川宿から吉田《よしだ》宿までは一里二十町（約六・二キロ）、江戸の日本橋から吉田宿までは七十三里（約二九二キロ）だった。

その吉田宿は吉田城の城下町で、吉田湊《みなと》があって吉田宿は全長二十三町三十間（約二・六キロ）と大きかった。

吉田城は幕府の老中《ろうじゅう》、大阪城代、京都所司代《しょしだい》格の大名が入る格の高い城だった。

家康の生地《せいち》である三河は他の国とは別格だ。

吉田宿から御油宿までは二里二十二町（約一〇キロ）である。尻尾《しっぽ》の短い猫を御油猫《ごゆねこ》という。江戸で流行する。

勘兵衛と藤九郎は八里を歩いて御油宿に泊まった。

「藤九郎、明日は岡崎《おかざき》宿から米津村だな？」

「はい、御油から岡崎宿までは四里十四町（約一七・五キロ）、そこから矢作川《やはぎがわ》沿いに下れば米津村にございます」

「もう、七、八里だな？」

「はい……」

「よく歩いた。ところで一つ聞いておきたいことがあるが？」

「はい……」

「そなた、女がいるのか？」

突然のことで藤九郎は驚いたが隠さなかった。

「はい、おります」

「どこで知り合った？」

「品川宿でございます……」

「飛猿事件の時か？」

「はい、申し訳ございません」

「それで今も品川宿にいるのか？」

「いいえ、懐妊しましたので、川崎《かわさき》湊の実家に戻っていると聞きました」

「会っていないのか？」

「はい、ここ数ケ月会っておりません」

「臨月《りんげつ》はいつだ？」

「来年の三、四月頃と聞いております」

「帰りに寄ってみるか？」

「はい……」

勘兵衛は喜与に言われたことを忘れていなかったのだ。勘兵衛に側室はいない。

「登勢《とせ》を大切にな？」

「はい、ご心配をおかけいたしました」

喜与が心配していると言われなくても藤九郎はわかっていた。包み隠さずお葉《よう》のことをすべて勘兵衛に話した。

翌朝、二人はいつものように早立ちして赤坂《あかさか》宿に向かう。

御油宿から赤坂宿までは十六町（約一・七キロ）しかない。

宿場の間が半里もなく、東海道ではこの十六町がもっとも近い宿場と宿場の間だった。

この六十四年後に三河の天領を管理するために、この赤坂宿に赤坂陣屋をおくことになるが、幕府内が整備されていないだけでなく、まだ幕府ができて十六年しか経っていないため、天領の支配もままならない状況にあった。

そんな時期だから、勘兵衛も江戸から動くことができず、三河への墓参もできなかったのである。

それでも東海道は家康が整備したため、江戸と京の間は充分に整えられていた。

赤坂宿から藤川《ふじかわ》宿までは二里九町（約九キロ）である。

この藤川宿は岡崎《おかざき》城《じょう》下の一部であり幕府直轄の天領になっていた。

藤川宿から岡崎宿までは一里二十五町（約六・七キロ）で、城が見えるほど近い。遂《つい》に来た。岡崎城は家康の生まれた城である。

三河には三州十八松平といい、家康の安祥《あんじょう》松平家など十八家の松平家があった。

三河碧海桜井《さくらい》の桜井松平、三河碧海福釜《ふくがま》の福釜松平、三河宝飯《ほい》長沢《ながさわ》の長沢松平、三河碧海藤井《ふじい》の藤井松平など十八家だが、家康の母於大《おだい》の方《かた》の実家、久松《ひさまつ》松平のように断絶する松平家もあった。

そんな松平家の群雄《ぐんゆう》の中で、三河碧海米津の米津家は力を維持した。

遂に二人は岡崎宿に足を踏み入れた。

岡崎城は五万石しかないが、神君家康といわれ、東照大権現《とうしょうだいごんげん》ともいう家康の生まれた城として別格である。宿場も駿河の府中宿に次いで大きかった。

岡崎城には譜代大名以外城主としては入れない。今の城主は本多康紀《やすのり》四十歳で、康紀は岡崎城の改修に熱心だった。

前年の元和三年に三重の美しい天守が完成していた。

その岡崎城の西を矢作川が流れている。川沿いに南西へ四里ほど下って行くと矢作川北岸の米津村に着く。

二人は、岡崎城下から舟で米津村まで下った。

三河湾に流れる矢作川は大河でゆったりと流れる。碧南《へきなん》の豊饒《ほうじょう》な土地を潤《うるお》して米津村の南を海に向かう。

この地に生まれた勘兵衛は、自らの足で江戸から歩いてきた。

「遂に来たな？」

「はい、江戸から百里の道にございます」

藤九郎が大袈裟《おおげさ》に言う。

「百里か、無理をしなかったのが良かったようだな？」

「はい、四、五日多くかかりましたが、ご無事が何よりかと存じます」

「そうだな。何よりだ」

幼い頃に遊んだ悠久《ゆうきゅう》の大河が迎える、墳墓《ふんぼ》の地に戻った。

山川草木《さんせんそうもく》変わることなし。

この矢作川は慶長十年に勘兵衛の伯父常春の嫡男、米津清右衛門《せいえもん》正勝が、家康の命令で矢作古川《やはぎふるかわ》から川の付け替え工事を行ってできた川である。

米津村のあたりまで三河湾が迫っていた。

米津村には米津城という城があったが今は跡形《あとかた》もない。

家康が江戸に幕府を開くと、三河の譜代の家臣たちは、郎党《ろうとう》などすべてを引き連れて江戸に引っ越して行ったため、三河からそれらの武家屋敷など、すべてが無くなってしまったともいえる。

家康が江戸に幕府を開いたということはそういうことだ。武家だけでなく商家も家康に連れられて江戸に移っていった。

米津村も同じだった。

勘兵衛の記憶の中にあった寺がない。

辺りを見渡したが、訪ねてきた寺が跡形もなく消えていた。

「寺がない？」

「この辺りにございますか？」

「そうだ。ここに寺があったのだ……」

「尋《たず》ねてまいります」

「向こうから人が来る。聞いてみよう」

「はい……」

藤九郎が野良《のら》から家に帰る百姓に近づいて行った。男が武家に呼び止められ驚いて立ち止まった。

「少々、尋ねたいのだが？」

「はあ……」

「この辺りに寺があったはずなのだが、どこかに移転でもしたのだろうか？」

「へえ、そうなんで、ここを川にするため隣の桜井村《さくらい》に移したんです」

「桜井村？」

「そうだ。この道を真《ま》っ直《す》ぐ北に行くと桜井村だ」

後ろを振り向いて男が指さした。

「相分《あいわ》かった。かたじけない」

「へえ……」

男が藤九郎に小さく頭を下げて歩いて行った。

「お奉行、桜井村に移転したとのことです」

米津村にあった米津家の法行寺《ほうぎようじ》は、矢作川の付け替えの川筋にあるため、隣村の桜井村に移されたのである。

「そのようだな……」

二人は米津村の龍讃寺《りゆうさんじ》にお参りしてから桜井村へ向かった。

忍びの墓参で勘兵衛は誰とも会うつもりはない。

水井山法行寺《すいしようざん》の所在《しよざい》が村人に聞いてわかり、岡崎に戻るように一里ほど北に歩いて桜井村に入った。桜井松平の領地である。

この辺りは家康の重臣で懐刀といわれながら、その優秀さから秀吉に奪われた石川数正《いしかわかずまさ》の出身地であった。

勘兵衛は寺に入ると、住職に先祖の法要をお願いし、藤九郎が喜与から預かってきた寄進《きしん》を住職に差し出した。

その日は寺に泊まった。

第七章　老いた猿

翌日、法要が終わると勘兵衛と藤九郎は岡崎城下に向かった。

岡崎城下の茶店で一休みした勘兵衛が、銀煙管《ぎんギセル》を出して一服つけると隣の縁台に旅姿の老人が座った。

「お武家さまの煙管は見かけない立派なもので……」

勘兵衛に声をかけた老人も煙管を出して一服つけた。

「あっしのも銀なんですが、お武家さまの半分ほどしかない短いものでございやす……」

一服つけてからポンと灰を落として銀煙管を勘兵衛に見せた。

その煙管を手にして勘兵衛は、自分の煙管と同じ煙管師の作だとわかった。

それをわかっていて差し出したのだと思った勘兵衛が、ポンと灰を落として自分の銀煙管を老人に渡す。

勘兵衛が老人の煙管に煙草《たばこ》を詰めて吸うと、老人の方は遠慮して銀煙管を勘兵衛に返そうとする。

「どうぞ、遠慮なくやりなさい……」

勘兵衛が老人に勧《すす》める。

「これは、お武家さまの煙管を使わせていただくなどあの世への土産《みやげ》話《ばなし》になりやす。それでは遠慮なく一服やらせていただきやしょう」

老人が煙草を詰めて火をつけた。

そんな二人のやり取りを藤九郎が驚いて見ている。勘兵衛が他人に自慢の銀煙管を使わせることなど見たことがない。

「拙者《せっしゃ》の煙管はどうかな？」

「へい、あっしのような年寄りには少々重いように思います」

「そうか、重いか。ところで老人はどこまで行かれる？」

「これから三州街道を北に高遠《たかとお》までまいりやす。お武家さまは東へ？」

「うむ、墓参が住んで江戸へ帰る旅だ」

「そうでございましたか、あっしは高遠に帰って仁科五郎《にしなごろう》さまの墓守《はかもり》でもいたしやす」

「仁科薩摩守《さつまのかみ》さまのことかな？」

「へえ、伊那谷《いなだに》の守り神ですから……」

二人は煙管の灰をポンと落とすと交換した。

「同じ煙管師の作のようでございやす」

「そのようだな。年寄りはなんという名かな？」

「朝太郎《あさたろう》と申しやす」

藤九郎はギクッとした。

「そうか朝太郎か、わしは勘兵衛という。高遠まで気をつけて帰りなされ……」

「へえ、ありがとうございやす」

勘兵衛は、この老人こそ奉行所が探し続けてきた飛猿だと知った。

「勘兵衛さまもお元気でお帰りくださいやし、それでは御免《ごめん》なすっておくんなさいまし……」

朝太郎は縁台から立つと茶も飲まずに行ってしまった。

明らかに勘兵衛に会いに来たと思える。最初、老人が声をかけてきた時に、只《ただ》者《もの》ではないと勘兵衛は感じた。

「伊那谷の朝太郎？」

「間違いない……」

「捕まえますか？」

「いや、向こうから姿を現して、わしに別れを言いにきたのだ。捕らえるまでもなかろう」

「はッ、それにしても大胆《だいたん》なことを……」

「わしを見切ったのだ。おそらくお前のことも知っていて現れたのだ」

「それがしも？」

信じられないという顔で、藤九郎が朝太郎の後ろ姿をにらんだ。

「柏尾《かしお》の佐平次の妻子を人質にすると脅《おど》した男だ。そなただけでなく、わしの周りの与力《よりき》、同心《どうしん》はすべて調べ上げているだろうよ」

「お奉行はあの朝太郎はもう無害だと？」

「だから、あの老いた猿がわしの前に現れたのだ。捕まえるならどうぞということだろう」

「洒落臭《しゃらくさ》い真似《まね》を……」

「そう怒るな。大盗賊も観念したということだ。それより、息子の雨太郎の方を捕まえることだ。そのうち、江戸に現れるだろうからな」

「はい！」

二人が茶店の縁台から立ち上がった時、もう街道から朝太郎の姿は消えていた。

「死にたいだけの盗賊を捕まえても仕方なかろう」

自分に言い聞かせるようにつぶやいて勘兵衛が歩き出した。朝太郎を捕らえても何も喋《しゃべ》らないだろうと思う。

そんな腹の据わった男に見えた。

武家に生まれていれば、一廉《ひとかど》の武将になったかもしれない老人だ。

二度と会うことのない出会いである。

勘兵衛は江戸に向かって東海道を東に向かった。

急ぐ旅ではないが、気持ちが早く江戸に戻りたいと思うのか自然に足が速まるのを感じている。

それでも馬や駕籠には乗らない。

この旅は往復を歩き通せるか自信のないまま江戸を出立したのだ。

北町奉行という重職をあと何年務められるか、家康から江戸を頼むぞと言われたこと、将軍から死ぬまでやってもらうと言われた重さを感じる。

これしきの事をやり遂《と》げられなくて、権現さまに申し訳が立つかという思いだ。

老いてきたことを言い訳にはできない。

五十六歳は決して若くはない。やり通すという覚悟こそ大切な時が来たと思う。

金谷宿まで戻ると、行きに泊まった旅籠《はたご》からお吉が飛び出してきた。

「お奉行さまッ！」

「お吉、ここで働いているのか？」

「いいえ、名主さまがお帰りになるお奉行さまをお世話するようにと、毎日、昼すぎからここに立ってお待ちするようにといわれました」

「そうか……」

「本陣にお連れするようにとのことでございます」

「お吉、わしは忍びの旅じゃ。本陣は遠慮する。行きと同じこの旅籠にするゆえ、名主にはそう伝えるように……」

「はい！」

お吉がペコッと勘兵衛に頭を下げると、元気よく本陣に走って行った。

勘兵衛が旅籠に上がって一休みしていると、宿場名主と旅籠の主人夫婦に亀助が現れた。その後ろに宿場の年寄と亀助を預かる川人足の親方がうずくまっている。

「名主、良くしてくれた。礼を言うぞ」

「恐れ入りまする。亀助もお吉も改心しましてよく働きます」

「そうか、それは何よりだ。亀助、わしに仕えるように名主に仕えるのだぞ」

「へい！」

「親方、一人前に育ててくれよ……」

「ははッ！」

「お吉は好きな男はいるのか？」

「はい、おります」

「馬鹿、なにを言うか！」

亀助がお吉の袖を引いて怒った。

「あのう、おりません……」

お吉が残念そうに言い直した。

「お吉、三年辛抱して名主に恩返しをしろ、その後に好きな男のところに嫁《とつ》げ、いいな？」

「はい！」

お吉がうれしそうにうなずく。

「亀助、そなたは名主がよいというまで川人足をいたせ、そのうち、子も大きくなるだろうからな？」

「へい……」

勘兵衛に捕まって首を落とされても仕方なかった亀助とお吉親子が生き返った。翌朝、大井川の河原に行くと、親方と川人足たちが蓮台を持って待っていた。

「お奉行さま、これで向こう岸まで担がせていただきます……」

「親方、それは有り難いが蓮台は苦手だ。亀助に肩車で担いでもらいたい」

「か、亀助ですか？」

「どうした。都合でも悪いのか？」

「そうなんで、昨日、川の真ん中でよろけて客を川に落としちまって。慣れないもんですからフラフラしやがって、川底の石につまずいたようなんでございます」

「亀助、わしを川に落とせばその場で首を刎《は》ねる。覚悟して担げ。ここはお前の戦場なのだぞ！」

「へい！」

亀助が勘兵衛を担ぐと親方は心配して、補助役の手張を周りに三人も配置した。ところが、その亀助が勘兵衛を担いだことがよほどうれしかったのか、川の真ん中で感極《かんきわ》まって泣き出したのだ。

川の中で立ち往生《おうじょう》した亀助を見て、親方たち河原で様子を見ていた川人足が、一斉に川に入って水飛沫《しぶき》を上げて駆けつけてきた。

亀助は涙で前が見えないのだ。

「馬鹿野郎ッ、川の真ん中で泣く奴《やつ》があるかッ！」

親方が亀助の涙を拭《ふ》いてやる。

「お奉行さま、申し訳ねえ、この野郎はお奉行さまを担がせていただいてうれしいんでございます。ご勘弁《かんべん》を……」

亀助の周りに手張が十人にもなって、なんとか勘兵衛を川の中洲まで担いだ。

その勘兵衛の足元に亀助が泣き崩れた。

「亀助、達者《たっしゃ》で暮らせよ……」

残りの半分は親方が勘兵衛を担いだ。親方たち川人足は脛《すね》に傷《きず》を持つ連中が多い。叩《たた》けば埃《ほこり》の一つや二つは出る荒くれどもなのだ。

勘兵衛と亀助の話を聞いて、川人足たちはわがことのようにうれしかったのだ。

親方もそんな一人だった。

「お奉行さま、ありがとうございました」

親方が言うと亀助と川人足たちが頭を下げた。善人《ぜんにん》猶《なお》以《も》て往生《おうじょう》を遂《と》ぐ況《いわ》んや悪人《あくにん》をやである。

勘兵衛が江戸に帰れば、二度と会うことのない人たちなのだ。

島田宿に入ると勘兵衛と藤九郎は旅籠に入った。

「藤九郎、旅は色々なことがある」

「はい、思いもかけないことが起きるものでございます」

「人とはなんと逞《たくま》しく生きているものか?」

「あの亀助も必死のようでございました」

「そうだな」

二人は早い夕餉を取って寝てしまった。

伊那谷の朝太郎と言い、金谷宿の枕探しの亀助と言い、勘兵衛は親鸞上人《しんらんしょうにん》の言葉を思い出したのだ。

二人は島田宿を出立すると、途中で三保の松原に立ち寄り三島宿に向かう。

江戸の日本橋吉原から逃げ出したお房は、勘兵衛に助けられ姉のお君と再会し、運よく江戸から追いかけてきた忘八たちから逃げ切っていた。

忘八の文六は、身延のお房の実家で、お君の勤《つと》めている旅籠伊豆屋を聞き出して戻ってきた時には、既にお房の姿は伊豆屋から消えている。

伊豆屋庄八は勘兵衛との約束通り、お房の事情を話して三嶋大社の知り合いの社家に隠した。

知らぬ存ぜぬの庄八とお君に文六も腹を立てたが、伊豆代官所に訴えられては困るので手荒なことはせず、伊豆屋に腰を据えて自分たちで探し始めた。

庄八とお君は後ろに北町奉行の勘兵衛がいると思うと気が強い。

それを知らない文六はなんとも強情な二人だとお房と瓜二《うりふた》つのお君を、代わりに江戸へ連れて行こうかと考えたほどだ。

だが、そんなことをすれば勾引《かどわかし》になる。

さすがの忘八もそれはできないことだ。既に、幸吉を相模川で殺してきている。

忘八三人は三島宿から身延の間にお房がいるとにらんで、東海道と身延までの富士川辺りを入念に調べ回っていた。

そんなところに勘兵衛と藤九郎が戻ってきた。

「お君、どうした？」

勘兵衛がお君の顔を見て異変に気付いた。

「江戸の吉原のみなさまがお泊まりでございます」

「ほう……」

「文六かと思います。お君、その者たちは何人だ？」

「三人でございます」

「お奉行、間違いなく文六でございます」

「うむ、ここまで嗅ぎつけたか。お君、主人の庄八とその三人をここへ連れてまいれ……」

「はい！」

お君は勘兵衛がいつ戻ってくるかと気を揉《も》んでいたのだ。その勘兵衛が現れたのだからもう千人力である。

伊豆屋庄八と吉原の忘八を呼びに行った。

「あのう、江戸の北町奉行さまがお呼びでございますが？」

「何ッ、お奉行さまだと？」

「はい、三人を連れて来いと仰せにございますが？」

「お君、余計なことをいうなよ！」

「承知いたしました」

「すぐお伺《うかが》いするとお伝えしろ！」

「はい……」

「兄《あに》い、何かまずいのでは？」

「心配するな。青木藤九郎さまを見かけた時から気をつけてきた。ビクビクするな」

「へい……」

文六が、二人を連れて勘兵衛の部屋に行くと、既に庄八が座っている。その傍にお君がいた。

「文六、吉原から逃げた美鶯を探しにきたそうだな？」

「へッ、さようでございます」

「どうだ。わしと一緒に江戸に戻らぬか、惣名主《そうなぬし》にはわしが取りなしてやろう。逃げた鶯《うぐいす》を捕まえるのは無理だろう。どうかな?」

「ヘッ、畏《かしこ》まりましてございやす……」

「うむ、聞き分けがいい、庄八、文六たちは明日の朝、わしと一緒に江戸に出立する」

「はッ、承知いたしました」

その夜、お君が勘兵衛の部屋に現れた。

「お奉行さま、お房は三嶋大社に匿《かくま》われております」

「そうか、お房には会わずに行くが、この書状にそなたとお房のことを書いてある。伊豆代官所に届ければ代官が力になってくれる。庄八と相談して生まれてくる子のため茶屋をやれ、いいな?」

「はい……」

翌朝、勘兵衛たち五人が、まだ暗いうちに伊豆屋を出ると、道端《みちばた》に富松と権平がうずくまっていた。

「お奉行さま、小田原まで担がせていただきやす」

「富松に権平だな?」

「へい、お帰りをお待ちしておりやした」

「そうか、乗ろう」

勘兵衛がこの旅で初めて駕籠《かご》に乗った。

「有りがてえな相棒ッ、行くぜッ！」

「おうッ、がってんだッ！」

威勢《いせい》よく山駕籠が上がる。傍に藤九郎と文六がついた。

「おいッさー、ほいッさー……」

箱根八里は馬でも越すが越すに越されぬ大井川とは箱根の馬子唄《まごうた》である。

「おいッさー、ほいッさー……」

まだ暗い街道を行くと、宿場外れの松の木の根方に、お君とお房の二人が道端に手を突き頭を下げて座っていた。勘兵衛はチラッと見ただけで駕籠を止めない。

「あ、兄い、み、美鶯じゃねえか？」

「馬鹿野郎ッ、もういいんだ。おろおろするんじゃねえッ！」

すべてを飲み込んだ文六が、忘八の頭をゴツンとやった。

「痛《い》てえ……」

「見るな、見るな、終わったことだ！」

もう一人の忘八が見ないふりをして足早に二人の前を通り過ぎる。

「おいッさー、ほいッさー……」

威勢よく山駕籠が夜の明け始めた箱根峠に向かった。

文六はすべてが勘兵衛の仕組んだ芝居《しばい》のように思う。自分は間《ま》の抜けた忘八の役を演じたのだと苦笑いする。

フッと幸吉を殺したのだから、美鶯は許してやろうと仏心《ほとけごころ》が湧《わ》いた。

吉原の女の血と涙をすすってしか生きられない忘八者には無縁の仏心だ。

「おれもお奉行に毒されたか……」

山駕籠に乗った勘兵衛をチラッと見て文六がつぶやく、忘八が仏心を出しちゃ仕事にならねえと思うのだ。

「だが、毒も飲んでみるもんだ……」

苦笑する文六も人の子なのだ。焼きが回っちまったかと思うが、美鶯を逃がしたことは悪い気分ではない。

「美鶯、幸吉の分まで幸せになれ……」

密《ひそ》かにそんな気持ちになった。

仁義礼智忠信孝悌《じんぎれいちちゆうしんこうてい》の八徳を失った仁義なき者たちだが、生まれながらの悪人はおらず親兄弟を始め、人との出会いに恵まれなかったのだ。邂逅《かいこう》こそ人の一生を決める。

文六が一番恐ろしいのは惣吉だ。

「てめえ、身延くんだりまで行きやがって、女一人捕まえられねえのか、馬鹿野郎ッ！」

大雷《おおかみなり》と拳骨《げんこつ》が飛んできそうだ。

その惣吉さえも、北町のお奉行には頭が上がらないはずだから逃げ切れると思う。

文六もあれこれと考えることが多い。

勘兵衛一行は箱根峠を越え、箱根の関所を通過して山を下った。小田原宿に着くと旅籠の前で駕籠が止まった。

「お奉行さま、あっしらのような者にお供をさせていただきましてありがとうございやした。ここから江戸まではひとっ走りでございやす。お先に行かせていただきますので……」

「そうか、ことの顛末《てんまつ》を惣名主に話しておけ……」

「へい、畏まりやした。お奉行さまも江戸までお気をつけられまして、御免くださいまし……」

三人が暗くなりかけた旅籠の前から、江戸に向かって出立した。

「お奉行と出会って、文六もホッとしたようでした」

「うむ、お君には手荒なことをしなかったようだな？」

「はい、この街道上にお奉行がおられるとわかっていたからだと思います」

「あの分だと、身延の親たちにも手荒なことはしておるまい？」

「はッ、そのように思います」

相模川で文六の前に藤九郎が現れたことで、さすがの忘八も警戒して手荒なことをしなかったのだ。

その夜、藤九郎は勘兵衛に命じられて、富松と権平を連れて小田原宿で酒を飲んだ。先棒《さきぼう》の富松は陽気になる酒で、後棒《あとぼう》の権平は泣き上戸《じょうご》の酒だった。

力持ちの男が勘兵衛を命の恩人だと言って泣く、それを富松がわかった、わかったと言って慰める。仲のいい相棒だ。

翌朝、富松と権平に見送られて二人は小田原宿を出立した。

箱根を越えてしまえば残りは二十里十二町（約八一キロ）で、三日で充分に江戸へ到着する。

途中の川崎湊へ勘兵衛を案内してお葉と会わせるつもりだ。気の強いお葉は藤九郎に迷惑をかけたくないと、品川宿を引き払って川崎湊に引っ込んだ。

お富《とみ》の話では、そこがお葉の実家なのだがもう誰もいないのだと聞いた。一人で子を産んで育てる覚悟だとわかる。

お葉とはそんな女だ。

勘兵衛は旅の終わりにきてますます元気だ。小田原宿から藤沢宿まで八里九町（約三三キロ）を歩いた。もう急ぐことはない。翌日は七里二十一町（約三〇キロ）を歩いて川崎宿に泊まることにした。

川崎宿から江戸日本橋までは四里半である。

翌朝、川崎宿から川崎大師に回って参拝すると湊に向かった。

夜が明けた江戸の海が広がっている。朝の早い湊の船頭にお葉の家を聞くとすぐわかった。砂浜から一間ほど高い土手の上に漁師小屋があり、その隣がお葉の家でそこから浜を歩いてくる勘兵衛と藤九郎を見ていた。

「藤九郎さま……」

浜の仕事に出ようとしていたお葉が、前掛けを取って傍らに放り投げると砂浜に駆け下りた。

「お葉！」

お葉は二人の前に来て砂浜にひざまずいた。

「お奉行さまだ……」

「お葉でございます」

藤九郎がお葉を紹介する。

勘兵衛の足元に驚いたお葉がうずくまった。既に、お葉は戌《いぬ》の日に腹帯《はらおび》を締めている。

「米津勘兵衛だ。藤九郎の子だそうだな？」

「申し訳ございません」

「謝ることはない。大切にいたせ……」

「はい……」

「藤九郎から三月か四月頃の出産と聞いたが？」

「はい、四月にございます」

「そうか。ここで育てるか？」

「はい、そのようにしたいと考えております」

「いいだろう。困ったことが起きたら使いをよこせ、遠慮することはないぞ」

「恐れ入ります……」

そのお葉は春になって女の子を産む。この子はうまく育ち武家に嫁ぐことになる。

「お葉、そなたの家で一休みしたいところだが、旅の帰りでそうもしておれんのだ。ここから品川宿まで船で行きたいが？」

「はい、すぐ用意いたします。どうぞ……」

お葉が湊に案内すると、さっきの船頭が勘兵衛たちを見ていた。その船頭がお葉から話を聞いて快《こころよ》く引き受けた。

「お奉行さま、すぐ船を出しやす」

お葉に頼まれた船頭が勘兵衛と藤九郎を乗せると品川湊に向かった。その頃、三五郎と小春は勘兵衛の帰りを六郷橋のたもとで待っていたが、勘兵衛と藤九郎は海から江戸に入ってしまった。

昼過ぎに二人は呉服橋《ごふくばし》御門内の奉行所に戻ってきた。

勘兵衛は意気揚々《ようよう》の帰還だ。

心配していた喜与がうれしそうに迎える。

宇三郎や半左衛門が無事の帰還をよろこび、奉行の不在中の出来事を報告した。藤九郎は長屋に戻ると、お登勢の用意した風呂に入りさっぱりと着替えて奉行所に出た。

「藤九郎、ご苦労さまでした」

喜与が慰労《いろう》する。

藤九郎は喜与から預かった金子《きんす》の収支を記録した紙と残金を返却した。

その頃、暮れになってこれまで江戸には出たことのない何《な》んとも妙な盗賊が出ていた。

勘兵衛と藤九郎が、半左衛門からその説明を聞いた。

「これまで十日ほど毎日のように出没して、十両、二十両と奪って行くのですが、その小判を貧乏長屋などに配っているようなのでございます」

「小判を配る？」

藤九郎が驚いて半左衛門に聞き返した。

「自分の懐《ふところ》には入れずに、貧しそうな長屋に投げ込んでいるとのことです」

「小判を投げ込む？」

「貧しそうなところへ無差別に投げ込んでいるようです」

「宇三郎、江戸の絵図はあるか？」

「はい、簡単なものですが……」

「場所がわかればよい。それを持ってこい」

勘兵衛はあまりに頻繁《ひんぱん》な出没で放置できないと思った。宇三郎が立って行くと書き役の岡本作左衛門《おかもとさくざえもん》と絵図を持って戻ってきた。

この頃の絵図は簡単なもので、江戸の実測図ができるのは明暦《めいれき》の大火（一六五七）の後、新しい江戸を造る時である。

「只今《ただいま》、奉行所にある絵図ではこれが最も詳しいものでございます」

作左衛門が畳半畳ほどの大きな江戸図を広げた。町割を書いただけの大雑把《おおざっぱ》なものだが江戸の様子はわかる。

「これまでやられたところはどこだ？」

絵図を見ながら半左衛門がその場所に懐紙《かいし》を刻んで置いた。

「江戸城の東側だな？」

「はい、おそらく、武家屋敷にも入っているのでしょうが、盗賊に入られるなど武家の恥にございますので、知らぬふりで沈黙しているものと思われます」

「この倍ぐらいにはなるか？」

「はい、倍とは思えませんが、五、六件はあるものと考えております」

半左衛門の説明は明確だ。

「これを見ると、町人地でも空白のところがあるな？」

「何か所かございます」

「次はどこに現れると思う？」

勘兵衛が難しいことを聞いた。それがわかれば苦労はしないのだ。

江戸はほぼ五対一で武家地が多い。

武家地の中に町人地が挟まっている。

それでいて江戸の人口は武家と町人がほぼ半々だった。つまり町人は狭い場所に犇《ひし》めいているということなのだ。

江戸は幕府ができてから猛烈な勢いで拡大している。

もちろん人口も急激に多くなってきていた。だが、町人は店を持って商売でもしていない限り、狭い長屋などに集まって生きている。

それで増加する人口の半分近くは、窒扶斯《ちふす》や虎狼痢《ころり》などの流行《はや》り病で死んだ。

そのため江戸には宗派を問わず寺が続々と建立されていた。絵図を見るとそんな江戸の様子が手に取るようにわかる。

「作左衛門、この絵図に武家屋敷だけでなく、寺など新たな建物や大店なども書き込んでおけ……」

「畏まりました」

「どうだ。賊はどこに出ると思うか？」

半左衛門と宇三郎に藤九郎が絵図をにらんでいる。書き役の作左衛門は暢気《のんき》な顔だ。

「お奉行、奉行所の周りががら空きですが、泥棒も怖がって近づかないのでしょうか？」

何気《なにげ》なく言った作左衛門の言葉に三人が顔を見合わせた。

「そうか、奉行所の近くだ！」

半左衛門がそう言って勘兵衛を見る。

「そういうことだ。この賊は奉行所をからかいに来る。場合によっては奉行所に忍び込むかもしれない。そんな男だろう」

「奉行所へ？」

「そうだ。網《あみ》を張って捕らえる作戦を考えてみろ……」

半左衛門はまさか賊が奉行所を狙っているとは考えていなかった。

第八章　お駒《こま》の色

翌朝、久しぶりに登城した勘兵衛は、土井利勝に面会して墓参の礼を述べた。

家康のご落胤《らくいん》と噂される利勝は、三河にあまり関心がないのか何も聞かない。

老中土井利勝は将軍秀忠の信任が厚く、あまりに忙しく三河のことなどにかかわっていられないということだ。

幕府を背負っている土井利勝は忙殺《ぼうさつ》されている。

勘兵衛が奉行所に戻ってくると後を追うように、吉原の庄司《しょうじ》甚右衛門《じんえもん》が忘八の惣吉を連れて奉行所に現れた。

「文六に話を聞いたか？」

「はい、お手を煩《わずら》わせましたようで、申し訳ないことにございます」

「どうだ。美鶯をわしが身請《みう》けしよう。値を言え……」

いきなりの強い言葉に、傍の喜与が驚いて勘兵衛を見る。遂に側室か愛妾《あいしょう》かと先回りして思う。

「とんでもないことで、お奉行さまからそのような金子はいただけません。入舟楼の主人にも話はつけてまいりました」

「そうか、だが、ただというわけにもいくまい？」

「それでは鶯《うぐいす》のお譲《ゆず》り料として一両を頂戴《ちょうだい》いたします」

「鶯か、相分かった。喜与、惣名主に一両を渡せ、鶯という娘の身請け料だ」

「はい……」

何が何だか頓珍漢《とんちんかん》の喜与が、懐紙に包んだ一両を三方《さんぼう》に乗せ甚右衛門の前に押し出した。

「有り難く頂戴いたします」

二人の話を惣吉が聞いている。文六から話を聞いて北町のお奉行が乗り出してはこうなると思っていた。

「どうだ。吉原は？」

「お奉行さまのお陰で繁盛《はんじょう》しております」

惣吉が菓子折りを差し出す。

「それは結構だ。例の三つの約束だけは守ってくれ……」

「はい、承知してございます」

「近頃、吉原の近くに、上方《かみがた》から来た女装した男の商売ができていると聞いたがどうなのだ？」

「噂は聞いておりますが、そのような茶屋は二軒だけと聞いております」

喜与がスッと立って部屋から出て行った。

勘兵衛が言った茶屋は、七十年後の元禄期に陰間《かげま》といい大流行する。

陰間というのは、阿国《おくに》などの女歌舞伎《かぶき》が風紀紊乱《ふうきびんらん》といわれ禁止になり、男歌舞伎が流行《はや》り出すと、女形で舞台に立たない陰の間の少年を指《さ》して言うようになる。

この陰間は非常に高価で、元禄から享保の頃で一刻で一分、一日買切ると三両、外に連れ出す時は二両だったという。

「そうか、まだ心配ないか？」

「はい、まだ衆道《しゅどう》の名残《なごり》かと思います」

吉原の惣名主庄司甚右衛門は、まだ流行《はや》りまでにはなっていないという。

勘兵衛と甚右衛門は長い付き合いになる。その言葉を互いに信用し信頼していた。

江戸の治安を守る奉行と、その治安を乱しかねない吉原の惣名主である。この二人こそ、江戸の心臓を握っているといえるのかもしれない。

「近頃、あちこちへ盗みに入る賊がいるのだが、何か聞いていないか？」

「盗んだ小判を配るという泥棒でしょうか？」

「そうだ」

「それは吉原では義賊《ぎぞく》とか鼠《ねずみ》とか言われております。そのうち、吉原にも盗みに現れるだろうと警戒しているところです」

「義賊か、客としてはどうか？」

「どこかに潜《もぐ》り込んでいると思われますが、探し出すのは困難かと……」

「手掛かりはないか？」

「どうだ、惣吉？」

甚右衛門が忘八の惣吉に聞く。

「へい、あっしが聞いたのは、鼠は身軽な大工ではないかということでございやす」

「大工、どこで聞いた？」

甚右衛門が振り向いて後ろの惣吉を見た。

「へい、若い大工だろうと、花月楼《かげつろう》の小夏《こなつ》が……」

「お奉行さま、帰りましたらその小夏に詳しく聞いてみます。何かわかりましたら、すぐお知らせいたします」

甚右衛門がそう言って戻って行った。

その夜から、義賊とか鼠と呼ばれている賊の現れる可能性の高いところ、これまで賊が仕事をしていない場所から二カ所が選ばれて厳重警戒に入った。

呉服橋御門の奉行所の周辺と、湯島天神《ゆしまてんじん》の周辺に同心たちが見回りに配置された。そこに幾松《いくまつ》と三五郎と益蔵《ますぞう》も動員された。

昼は休んで夜に動き出すという変則の動きになる。

翌日、勘兵衛がお城から下がると、吉原の庄司甚右衛門が奉行所に現れた。すると半左衛門が来て一緒に甚右衛門の話を聞いた。

「小夏から何か聞き取ったか？」

「はい、手掛かりになりますか、先月の終わり頃、その男は初めて小夏のところに上がったそうですが、少しばかり酒を飲み一晩泊まって帰ったそうです。その時、内藤新宿《ないとうしんじゆく》から来た大工だと言ったそうなのですが、夜の仕事もすると洩《も》らしたので、鼠ですかと聞いたところ答えずに笑ったということでした……」

「内藤新宿から来た大工？」

「何か思惑《おもわく》があってそう言ったように思うのですが……」

「歳はやはり若いか？」

「小夏が見て三十前後ではないかということですから間違いないかと？」

「何か手掛かりになる目印はないか？」

「その男の身の丈は五尺二、三寸（一六〇センチ弱）ほど、怪我《けが》をしたのか左手の中指が一寸（約三センチ）ほどないそうです。ただ、手を握ると隠れてわからないそうで、手掛かりになりますかどうか？」

「左手の中指が少し欠けている三十ぐらいの大工か？」

「もし、また吉原に現れましたらすぐお知らせいたします」

「うむ、そうしてくれ……」

勘兵衛はその男が盗賊なのかわからないが、その可能性はあると考えた。だが、内藤新宿というのはにわかには信じがたい。

絵図で見ると犯行が行われているのが、内藤新宿とは逆のお城の東側だからだ。

甚右衛門が帰って行くと勘兵衛と半左衛門が相談した。

「その男でしょうか？」

「難しいところだな。指が欠けているというのは目立ち過ぎる。内藤新宿の大工と言ったのもおかしなことだ。賊がそんな正体を明かすようなことを、吉原の遊女に軽々と言うとは思えない」

「惣名主が言うように何か思惑があるか、それとも賊ではないということでしょうか……」

「今度、吉原に現れれば賊ではあるまい。わざわざ捕まりに来るようなものだ」

「はい、そのような間抜けな男は賊ではないと思います」

そう言う半左衛門が気になっていることがある。

「お奉行、お奉行が旅からお戻りになって、賊は二日間現れていません。もし今日現れなければ三日になります」

「こっちの動きに気づいたということか？」

「はい、これまで三日も現れないのは珍しいことで、武家屋敷に入っているから届けがないとも思われますが、お奉行が戻られたので、賊が警戒しているからではないかと思っておりますが？」

「もし、そうだとしても、そう長く盗みを我慢はできないだろう。盗み癖《ぐせ》という悪癖《あくへき》はなかなか治らないというぞ。必ず、この奉行所の近くに現れるはずだ。油断するな」

「はい……」

「湯島天神は青田孫四郎《あおたまごしろう》だな？」

「はい、奉行所の周辺は倉田甚四郎にございます」

「このまま警戒を続けろ……」

だが、やはり半左衛門が言ったように、勘兵衛を警戒したのか、それまで頻繁に出没していた鼠が、ピタッと動きを止めて鳴《な》りを潜《ひそ》めてしまった。

半左衛門は人数を減らしたが、それでも二カ所を重点的に夜回りの警戒を継続する。

その頃、神田庄兵衛《かんだしょうべえ》長屋のお駒《こま》は、定助《さだすけ》という幼い頃の知り合いと度々《たびたび》会うようになっていた。

定助はまだ三十前だが上野不忍の直助《なおすけ》などとも知り合いで、十二、三の頃にはお駒の父親の手伝いをしたこともある。

偶然、浅草寺参拝《さんぱい》でお駒は定助と再会した。

初めはお駒も定助の変わりように驚いたが、そこは鼻の利《き》くお駒で警戒心を解いた。それをいいことに定助がお駒を口説《くど》いた。

「姐《あね》さんは相変わらず色っぽいねえ、おいらが子どもの頃とちっとも変わらねえや……」

「馬鹿を言うんじゃないよ。お前に口説かれるほど若《わか》かあないんだよ」

「そんなところがいいんだ姐さんは……」

「女日照《ひで》りかね、そんなこと言って、困ったものだね……」

そんな定助がお駒の庄兵衛長屋に、お駒の弟だと言って転がり込むのにそう刻はかからなかった。

口説かれればお駒も悪い気はしない。

餓鬼《がき》の頃から一緒に遊んだ仲で憎かろうはずがない。

年はお駒の方が六つ、七つ上だが、定助の方が夢中になって二人はいい仲になった。

相変わらず情の深いお駒も、姐さん、姐さんと慕われて、すっかり定助に情が移ってしまって、一日中長屋に引き籠《こ》もったりするようになった。
二、三日お駒の顔を見ないと、御用聞《ごようき》きの幾松が長屋に訪ねてくる。定助は慌ててお駒の着物をひっかぶって隠れてしまう。

「ちょっと体の具合がねえ、もう年だから血の道かしらねえ……」

などとお駒もなかなかで幾松にとぼける。

「お元《もと》を寄越《よこ》しますよ」

「いいんですよ幾松さん、半日も横になると治るんですから……」

「そうですかい……」

お駒の元気な顔を見て幾松が安心して帰る。お駒は色ぼけしているだけだ。

「定助、気晴らしに王子権現《おうじごんげん》にでもお参りに行くかい？」

「これからかい？」

「そうだよ……」

「暗くなると狐《きつね》が出るそうだぜ、王子は……」

「明るいうちに板橋《いたばし》宿に行って泊まろうじゃないか？」

「ほんとかいッ、だから姐さんが好きなんだ。行こう、急いで行こう！」

子どものように飛び起きると定助が支度を始めた。だが、女のお駒は定助のようにはいかない。外に出るには着物から化粧などそれなりの支度《したく》がある。

「姐さん、早くして……」

駄々《だだ》っ子のようにお駒の支度を急がせる。

「狐が出ちゃうよ」

「先に行って不忍、池ノ端《いけのはた》の桔梗屋《ききょうや》か根津《ねづ》権現で待っていておくれ？」

「あいよ。根津権現で待っているから……」

定助が長屋を飛び出していく。

「子どもなんだから……」

お駒がうれしそうにニッと笑うが、子どもに戻ったのはお駒も同じだった。急いで支度をすると商売道具は持たずに根津権現へ向かう。

人に怪しまれるのをお駒は嫌った。

北町奉行米津勘兵衛の密偵《みってい》なのだから目立ったことは禁物である。

ところが、いつもと違うお駒の様子に気づいた幾松が、物陰からヌッと現れるとお駒の後をつけ始めた。

密偵の後を御用聞きが追うというドジな話だ。

お駒はこういう油断はしない女だが、定助にのぼせ上がって無警戒もいいところだった。

「お駒さんまずいよ。あの若い男は誰なんだ？」

追う幾松もいい気分じゃない。

お奉行に知らせるほどのことではないと思うが。

「いいじゃねえか、お駒さんに色ができたって……」

そう呟《つぶや》き、それじゃあ引き返せばいい幾松だが、お駒と長屋から出てきた男が気になって、気持ちとは逆に踵《きびす》が返らないのだ。どこまでもズルズルと後をつけることになった。

根津権現に着くと定助がお駒に飛びついた。

「定助、こんなところで嫌だよ……」

「いいじゃねえか、誰も見ていないんだから……」

「だけどお前……」

定助に抱きしめられると、お駒は体の力が抜けてしまう。

「王子に行ってから、板橋宿に泊まるんだからさ……」

お駒は定助の猛攻をなんとか振り切った。

「行こう、急ごう、狐が出ちゃうよ」

「怖いのかい？」

「姐さん、怖くないかいコンコンの狐だよ？」

「王子の狐の嫁入りが怖いのかい？」

「怪しい火が燃えるんだってよ、ゆらゆらと、気持ち悪くないかい……」

「そんなことで夜の仕事がよくできたね？」

「それとこれとは別だ」

定助が怒ったように言う。

「定助はもう夜の仕事はしていないのかい？」

「なんでそんなことを聞くんだ？」

「出かけないからさ、誰かのつなぎを待っているのかと思ってさ？」

「どこのお頭《かしら》にも使われちゃいないよ。姐さんはどうなんだい。誰と組んでいるんだい？」

定助がお駒の傍に寄ってきて引き寄せる。

「それじゃ歩きにくいよ。お前は浅草の二代目鮎吉《あゆきち》を知っているかい？」

「大親分だ。おいらなんか相手にしてもらえねえお頭だ。姐さんのお頭なのか？」

「そうだよ」

「さすが姐さんだな……」

二人はもつれ合うように道を歩いて行く。

「この道を行けば駒込《こまごめ》村から巣鴨《すがも》村に出て中山道か、西ケ原《にしがはら》に出れば飛鳥山《あすかやま》から王子稲荷《いなり》だな。お駒さん、どこへ行くんだ？」

幾松はお駒の後をつけたことを後悔するように道に立ち止まった。

何度も引き返そうと道に立ち止まったが、尾行が癖になっているからか、おかしいと思うとどこまでも追跡するのが幾松だ。

「最後まで確かめるか？」

ブツブツ言いながら、再び半町（約五四・五メートル）ほど離れて二人の後を追った。

「どうしたんだい、お駒さんらしくねえな……」

幾松には信じられない事件だ。

「右に曲がったか、すると西ケ原だな。王子か？」

お駒がどこに行こうが構わないが、幾松は異常事態に戸惑っている。お駒と定助は幾松の予想通り西ケ原に出て、飛鳥山下を歩いて王子権現の境内《けいだい》に入って行った。

参拝した二人が境内から出てくると茶屋に入る。

幾松は神田に戻るのだろうと思っていたが、二人が板橋宿に向かったので慌てて後を追った。

「どうしたんだよお駒さん……」

暢気な幾松も心配になってきた。間もなく陽《ひ》が暮れようとしている。明るいうちに神田には戻れなくなる。

「板橋宿に泊まるつもりか、どうしちゃったんだお駒さん……」

泣きそうな顔で、幾松は後を追うんじゃなかったと後悔する。まだ明るいのにお駒と定助が旅籠に入った。

「まさか江戸を出るつもりじゃないだろうな……」

幾松が旅籠の前まで行って二人の泊まった旅籠を確認した。

「旅の支度はしていなかったが、この宿場で支度をするのか？」

お駒が江戸を出るのではないかと幾松は焦《あせ》った。

「車屋《くるまや》か？」

旅籠の名を確認すると幾松は、着物の裾を尻端折《しりはしょ》りにして駆け出した。

板橋宿から巣鴨村、本郷《ほんごう》と駆け抜けて、夜になってから奉行所に飛び込んだ。

同心たちは夜の見廻《みまわ》りに出払って誰もいない。

幾松の手下の寅吉《とらきち》が、半左衛門の前で畏まって話を聞いている。寅吉は幾松の行方がわからなくなり、取り敢《あ》えず奉行所に来て待っていたのだ。

半左衛門に捕まって、もう一刻（約二時間）も話を聞かされていた。

「親分！」

「寅吉、お前は部屋の外にいろ、長野さまに大事な話がある」

「へい……」

寅吉が半左衛門に頭を下げて部屋から出て行った。

「どうしたのだ幾松？」

「長野さま、実は今日、神田のお駒さんの長屋に顔を出したんです。具合が悪そうだったのでそのまま帰ろうとしたのですが、様子がおかしいと思いまして物陰に隠れますと、間もなく若い男がお駒さんの長屋から出てきて、しばらくするとお駒さんも出てきました……」

幾松が神田から板橋宿までのことを、半左衛門に一部始終《しじゅう》を話した。

「その若い男はお駒の色だな」

「なんとも嫌な尾行で……」

「お駒はお奉行のお気に入りだから……」

半左衛門が勘兵衛にどう話すか考え込んでしまった。

「長野さま、どういたしましょうか、お駒さんが江戸を出るのではないかと思って戻ってきたのですが？」

「江戸を出るつもりなら、わしに言ってくるはずだ」

「では、心配ないと？」

「明日の朝、お駒の長屋に寄ってみろ、お前は湯島天神の見廻りだな？」

「はい、これから寅吉とまいります」

「うむ、お奉行さまの勘だ。鼠が必ず現れるはずだからな」

「それでは行ってまいります」

幾松と寅吉が奉行所から出て行くと、半左衛門は勘兵衛の部屋に向かった。お駒に色ができたとは言いにくい。

「お奉行、幾松が来まして、お駒のことを話して行きました」

「お駒のこと？」

「はい、お駒に男ができたようだと……」

「男？」

「はい、若い男だそうで、お駒の長屋に入り込んでいるようです」

「そうか、お駒もいい年だ。男ができてもおかしくなかろう」

「はい……」

「幾松さんはその男の人をどんな方だと？」

喜与がお駒の好きになった男のことを気にした。

「詳しいことはまだわかりません。お奉行、その男のことを調べましょうか？」

「構うな。お駒の好きになった男だ。放っておけばよい」

「しかしお奉行、幾松の話ではあまりに若すぎると……」

「お駒は男運がないからな。いい男であればいいが……」

勘兵衛の本心だ。

密偵としてよく働いてくれた。いい男ができて落ち着くならいいことだと思う。ところが、その男を見た幾松はどうしても納得できない。

しっかり者のお駒には全く釣り合わないと思う。

「寅吉、おめえも二、三度あっているはずだ。お駒さんを知っているな？」

「へい、神田のお駒さんで？」

「そうだ。そのお駒さんが板橋宿の車屋という旅籠に、にやけた野郎と一緒に泊まっているんだ。その野郎がどうしても気に入らねえ……」

「あっしが板橋宿へ？」

「そうだ。ここはおれ一人でいい。おめえは板橋宿に走ってお駒さんとその野郎の後を追え。江戸を出るようだったら追わなくていい。江戸に戻るようなら神田に戻るまで追え、その野郎から目を離すな……」

幾松は定助を見て、女たらしの野郎ではないかと感じたのだ。

それなら正体を暴《あば》きたい。

「お駒さんが泣きを見るようじゃ困る。そん時は野郎をただじゃおかねえ！」

「へい、それじゃ行ってまいりやす」

「見つからないように気をつけろ！」

幾松に見送られて寅吉が夜の道を巣鴨村に向かった。

その夜、日本橋吉原の花月楼の小夏のところに、例の内藤新宿の大工と名乗った男が泊まった。

惣吉が奉行所に走って半左衛門に知らせる。

半左衛門は連日の見廻りの手配で疲れ切っていた。文机《ふづくえ》にもたれて仮眠している。

「惣吉が知らせてきた？」

「はい、例の大工が花月楼に泊まったそうにございます」

宿直当番の村上金之助《むらかみきんのすけ》が告げる。

「惣吉は？」

「帰りました」

「うむ、夜明け前に黒川六之助《くろかわろくのすけ》を吉原に行かせて、その大工を奉行所に連れてこさせろ、お奉行の言うように、その男は賊ではあるまいが、訊くだけは訊いてみたいからな」

「畏まりました」

もう一人の当番、黒川六之助が小者二人を連れて吉原に行き、小夏と一晩過ごした内藤新宿の大工が、花月楼から出てきたところで声をかけて奉行所に連れて来た。

それを半左衛門が調べると、内藤新宿の大工は大嘘《おおうそ》でケチな泥棒だった。

このような小悪党や無宿人《むしゆくにん》などが収容される人足寄場《にんそくよせば》が設置されるのは寛政《かんせい》二年（一七九〇）頃で、ほぼ百七十年後のことになる。

この頃の幕府はないないづくしだったが、罪を犯《おか》した者は厳しく罰せられた。

江戸の刑罰は複雑だった。

死刑だけでも武家は切腹、斬首、町人は鋸挽《のこぎりびき》、磔《はりつけ》、獄門《ごくもん》、火刑《かけい》、死罪、下手《げしゆ》人《にん》と八種類あった。遠島《えんとう》もどこの島に何年流されるか、重追放、中追放、軽追放、江戸十里四方払《ばらい》、江戸払、所払、門前払いなども闕所《けっしょ》や身代《しんだい》限り、過料《かりょう》や年数など様々だった。

入墨《いれずみ》や敲《たたき》などもある。

武家には蟄居《ちっきょ》、閉門《へいもん》、逼塞《ひっそく》、押込《おしこめ》、慎《つつし》み、遠慮、隠居、差控、預かり、叱《しか》り、役儀《やくぎ》取り上げなどがある。

町人には手鎖、人足寄場などが用意された。

この頃はまだそこまで整備されていなかった。その分、北町奉行の勘兵衛の判断が大きく罪科《ざいか》を左右した。

板橋宿に泊まったお駒と定助が、何事もなかったように神田の長屋に戻ってきた。

その後ろに寅吉が張り付いている。

遂に、勘兵衛の予測が外れたまま暮れになった。

鼠と呼ばれる賊はピタッと動きを止めて、江戸のどこにも現れていないようだった。年を越すことになった勘兵衛は苦笑するしかない。

第九章　男　運

元和五年（一六一九）の年が明けた。

将軍は正月の雑煮《ぞうに》を食するが、この雑煮には餅《もち》が入っていない。

それは、三年前に亡くなった権現さまこと家康が、戦いに苦労して雑煮の餅など食すことがなかったということから、家康の苦労を忘れないためということで、以後、歴代の将軍の正月の雑煮には餅が入っていない。

その餅のない雑煮を食してから、将軍が御三家や親藩、譜代の大名の挨拶《あいさつ》を受け、外様の諸大名の挨拶は正月二日に受けた。

この頃はまだ参勤交代は行われていなかった。

将軍家に対する軍役奉仕を目的に参勤交代が制度化されるのは、この十六年後である。将軍は三代家光《いえみつ》になってからだ。

奉行所の御用納めは十二月二十五日だが、天保《てんぽう》の頃になると泰平に慣れて、二十五日から大晦日《おおみそか》まで、年忘れなどと称して酒を飲み続ける馬鹿々々しいことが起きる。

勘兵衛はそういうことはさせなかった。

年を越す職務や事件もあり、奉行所には交代で与力や同心が勤番をした。

心配性の長野半左衛門は、仕事が生き甲斐のような男で、大晦日も正月もなく奉行所に出てきて自室の机の前に座っている。

その場所に座らないと落ち着かないという。

酒など飲んでいられるかという律義さだから、他の与力や同心も半左衛門を見習うようになる。

暢気なのは村上金之助で、器量よしの舟月《ふなづき》のお文《ぶん》とゴロゴロしている。

相変わらず舟月のとろろ汁は評判で大いに繁盛していた。お文は三人の子を産んで同心の女房でありながら舟月の女将《おかみ》だ。

お文の父親が健在だからそんなことができた。

「金之助さま……」

「なんだい、お文?」

惚《ほ》れて一緒になったこの二人はいまだに甘ったるい。

「長野さまが一日も休まずにお奉行所へ行かれているそうですよ……」

「だからわしにも行けというのかい？」

「そうじゃないけど……」

「長野さまは仕事病という病《やまい》なのだ。わしはゴロゴロ病だな……」

「そのようなことを……」

「いいからここに来い、正月なのだぞ」

金之助がお文を引き倒してのしかかっていく。

「金之助さま、ちょっと、金之助さま……」

お文は逃げようとするが逃げ切れない。

その金之助が夜になると大場雪之丞《おおばゆきのじょう》の役宅に現れた。雪之丞も金之助と同じでお末《すえ》と仲がいい。

近頃は、お末を売ろうとした兄の長松《ながまつ》も改心してお末と仲直りすると、川越《かわごえ》から米だの野菜だのを八丁堀《はっちょうぼり》に運んできた。

「奉行所に顔を出さないか、夜回りが心配だ」

「そうですね……」

こっちはお文と逆で、お末が行くなと雪之丞の袖《そで》を引く。

「本宮さまが奉行所に行く時は声をかけてくれと、昼に会いました時に……」

「そうか、長兵衛も心配しているんだな?」

正月も三、四日が過ぎると、同心の常で動き出したくなる。

江戸の正月は寝正月で静かなものだ。正月とは静かに五穀豊穣《ごこくほうじょう》や子孫繁栄を祈るということなのだ。

初詣《はつもうで》などと騒いで歩く習慣はなかった。

逆に姫始《ひめはじ》めなどということが大切にされた。正月に子ができることは多かった。それが正月の本来の意味である。

「寝正月も三日までだ。血が滞《とどこお》っていかんわ、体が重い。どうにもならん!」

剣客本宮長兵衛が待っていたというように役宅から飛び出してくる。それを大きな腹を抱えたお鈴《すず》が恨めしそうに見送る。

金之助、雪之丞、長兵衛の三人が誘い合って奉行所に向かった。

町人とは逆に、武家の正月は上役への挨拶廻りなどで忙しい。昼に見かけるのは武家の行列ばかりだった。

その頃、奉行所は内与力の宇三郎、藤九郎、文左衛門の三人に守られている。

例の鼠が捕まっていないため油断できなかった。

正月の間隙《かんげき》をつかれないとも限らない。正月から奉行所が賊に入られたというのでは、目も当てられないことになる。

同心たちが休んでいる時こそ三人で守るしかなかった。

昼に休んで夜に動き出した。

奉行所の誰もが、未解決のまま年を越した鼠のことが気になっている。賊がいつどこに出るかなど誰にもわからない。

勘兵衛が絵図を見て、奉行所の近くと湯島天神辺りと決めただけだ。

だが、まったく手掛かりがないため、その奉行の勘を同心たちは信じている。

「賊の出そうな夜だな？」

「こういう星のきれいな夜がいっそう怪しく思える」

雪之丞が金之助に同調した。

「お奉行が旅から戻られて、鼠がピタッと動かなくなったと長野さまが不思議がっていた」

「お奉行ににらまれた鼠か？」

「鬼勘《おにかん》は蛇《へび》より怖いということだな……」

「その鼠がいつまで我慢できるか、江戸を離れれば別だが盗みは病だからな、必ず、姿を現すはずなんだが？」

「動きを止めて間もなくひと月になる。イライラしているのではないか？」

「シーッ！」

柳生新陰流《やぎゆうしんかげりゆう》の剣客本宮長兵衛が気配を感じて、二人を道端《みちばた》の軒下《のきした》に押し込んで身を隠した。

長兵衛はかすかに影が動いたのを見た。

それが人なのかはわからなかった。

身を潜めていると、風のように人影が十間（約一八メートル）ばかり先の道を走った。

「鼠だ……」

影は立てかけてあった竹竿を握ると易々《やすやす》と屋根に飛び移った。

「身軽な野郎だ……」

「追うぞ。自分の影に気をつけろ、鼠に見られると逃げられる」

追跡の主導権を長兵衛が握った。

町家の軒下伝いに鼠の尾行を始める。

「奉行所に近い……」

「野郎、なめた真似《まね》をしやがる……」

「屋根伝いか？」

「いや、奉行所を狙うなら一度下に下りる。呉服橋御門は越えられまい……」

「なるほど……」

奉行所まで一町半（約一六四メートル）ほどしか離れていない。鼠は警戒しながら屋根の上をゆっくり奉行所に近づいて行く。それを軒下から見上げて三人が追った。

「奉行所に向かっているぞ……」

「馬鹿野郎だ……」

「屋根から下りるぞ」

鼠が身軽に軒下に飛び下りるのを見て、三人が道に飛び出すと三方に散って鼠を囲んだ。

「鼠ッ、そこまでだ。神妙にしろッ！」

長兵衛が鼠に詰め寄った。

「チッ！」

舌打ちする頰かぶりの鼠の顔が見える。若い男だと長兵衛は思った。その鼠が懐から匕首《あいくち》を抜いた。

「鼠、そういうものは抜いちゃいけねえぜ、神妙にしねえか！」

「うるせえッ！」

「そうか、聞き分けのねえ野郎だ。痛い目にあうぞ」

長兵衛が鼠との間合いを詰めると刀を抜いて峰に返した。

「匕首を捨てろッ！」

「くそッ！」

「神妙にすれば温情もあるんだぜ……」

長兵衛が諭《さと》したが、いきなり鼠が匕首を振り回した。

「寄るなッ！」

瞬間、長兵衛の刀が匕首を握った鼠の腕を斬り落とすように弾《はじ》いた。ボキッと
鈍い音がして腕が折れた。

道端に転がった鼠が「痛い、痛い……」と大騒ぎになった。

そこに文左衛門が駆けつけた。

「鼠か？」

「はい、屋根から飛び下りたところを捕らえました」

「腕か？」

「匕首を振り回したので峰打ちにしました」

そこに小野派一刀流《おのはいっとうりゅう》の剣客木村惣兵衛《きむらそうべえ》と幾松に寅吉が駆けつけた。勘兵衛の言葉を信じる同心や御用聞きが見廻りに出てきていた。

半左衛門に命じられたわけではない。

腕が折れて道端に転がっている鼠の頬かぶりを幾松がはぎとった。

「あッ、こ、この野郎……」

仰天した幾松が後ろに下がった。寅吉が覗《のぞ》き込んで驚いている。道端に転がった男は、お駒と一緒にいた定助だった。

「どうした幾松！」

文左衛門が困った顔の幾松に聞いた。

「彦野《ひこの》さま、長野さまにこの男のことは話してございます」

「そうか、折れた腕の手当てをしてから奉行所に引っ立てろ、長野さまがおられるはずだ……」

「はい、承知いたしました」

幾松は厄介《やっかい》なことになったと思う。お駒のことを考え、内心では泣きたい気分だ。お駒がどんなに悲しむか目に見える。辛《つら》いことになった。

定助を奉行所に引き立てると砂利敷に転がした。

「長野さま、お話が……」

幾松が公事場《くじば》の縁側に寄って行くと、半左衛門が下りてきて幾松に耳を傾けた。

「この男でございます。お駒さんの長屋にいた男というのは……」

幾松が半左衛門の耳につぶやいた。

「なんだと！」

「この男なんでございます」

「間違いないのか？」

「寅吉もそう言いますから間違いございません……」

「信じられん……」

半左衛門が考え込んでしまった。

勘兵衛が聞いたらがっかりするだろうと思うと気が重い。だが、だからと言って隠しておけることではない。

「幾松、この男の名はわかっているのか？」

「いいえ……」

砂利敷には雪之丞しかいなかった。

文左衛門などは見廻りのためフラフラになるほど疲れていた。

半左衛門から総引き揚げが命じられ、夜が明ける頃には、同心と御用聞きが続々と奉行所に戻ってきた。

勘兵衛に報告しなければならない半左衛門は辛い。正月から頭がガンガン痛い。

「半左衛門殿、朝から厳しい顔でどうなさいました？」

喜与に聞かれて半左衛門の顔が歪《ゆが》んだ。

「奥方さま、困ったことになりました」

「どのようなことです？」

「お奉行には話しにくいことで……」

「殿さまに話しにくい？」

「はい、昨夜捕まえました鼠が、お駒の男だと幾松が言いますので困りました」

「まあ、お駒さんの？」

「間違いないと幾松がいいます」

「鼠というのは暮れに江戸を荒らして、あちこちに小判をまいたという賊ですか？」

「義賊とか鼠と言われる盗賊にございます」

「それがどうしてお駒さんの？」

「わかりません……」

喜与も考え込んでしまった。お駒が勘兵衛の気に入りだとは誰でも知っている。喜与も困ったことになったと思う。

「困りましたね……」

「お奉行がいつだったか、お駒は男運がないと仰《おお》せられましたが、また、こんなことになってしまいました」

「そうでしたね、何んとかしてあげたいけど……」

「はい、何んとか……」

喜与も半左衛門もお駒の男なら何んとかしてやりたいが、江戸を荒らし回った盗賊となると甘い顔もできないところだ。

定助は結構強情で名前も言わない。手荒にもできずお駒の名前も出せず幾松が手を焼いていた。本格的な取り調べは秋本彦三郎《あきもとひこさぶろう》が行うが、その前に勘兵衛の耳に入れて指示を受けなければならない。

「どうした。朝から何んの相談だ？」

勘兵衛が起きてくるとお香《こう》が茶を出す。美味そうに茶を啜《すす》ってから煙管を抜いて煙草を詰めた。

「殿さま、お駒さんのことで半左衛門殿が困っておられます」

喜与が気を利かして言う。

「お駒のこと、例の男のことか？」

「昨夜、奉行所の近くで捕まえた鼠がその男なのでございます」

「何ッ……」

勘兵衛が煙管を落としそうになった。

「お駒の男が鼠だったのか？」

「はい、幾松がお駒の長屋にいた男だと言います」

「名は？」

「まだ白状しません」

「彦三郎は？」

「実は、昨夜、匕首を抜いて長兵衛に逆らいましたので、鼠は腕を折られております」

「手荒なことはできないか？」

「お奉行にお話ししてからと考えました」

「お駒の……」

勘兵衛も考え込んだ。

密偵として勘兵衛に尽くしてきたお駒に、久々にできた男だと半左衛門から聞いたばかりだった。その男が鼠だったとはお駒の不運が不憫《ふびん》だ。お駒の知らない事件だとわかるだけに処分が難しい。お駒の知らないこととして処分してしまうこともできるが、どう考えても惨《むご》いことになりそうだ。

「半左衛門、幾松に口止めしておけ、鼠の事件とお駒は関係ない。男の傷が治るまで牢《ろう》に入れておけ……」

さすがの勘兵衛もお駒のことを考えて取り調べを躊躇《ちゅうちょ》した。

「お駒は男運がない。何んとかならぬものか喜与……」

「はい……」

急にそんなことを言われても喜与も答えようがない。半左衛門も娘のように思ってきただけにお駒が可哀《かわい》そうでうつむいている。

「殿さまのご命令で、どこか良いところに嫁いでもらうことは？」

「喜与、お駒のような女はそう易々とはいかないのだ」

「そうですけど……」

三人が話し合っているところに、お香が朝餉《あさげ》を運んできた。

「半左衛門、朝粥《あさがゆ》はどうだ？」

「頂戴《ちょうだい》いたします」

こういう時は勘兵衛から話のある時だ。

「登城の支度《したく》をいたします」

喜与とお香が部屋から出て行った。

「お駒のことだが、一度、顔を出してみてくれぬか？」

「はい……」

「お駒は勘がいい、何も言わなくてもわしからの使いだとわかる。庄兵衛長屋とはどんなところか見てきてくれるか？」

「畏《かしこ》まりました」

「牢にいる男だが、わしが会う前にお駒の男に相応《ふさわ》しいか見極めてくれるか？」

「難しいことですが……」

「うむ、お駒を嫁がせたい。その男が駄目なら他を考えるしかなかろう」

「お奉行、お駒に変わる密偵がいませんが？」

お駒のように江戸に詳しい女の密偵は探して見つかるものではない。お駒は直助や正蔵とも親しく、どんな探索でも任せることができた。

信頼できる密偵だ。

いかんせん、勘兵衛が言うようにひどく男運がない。美人で度胸もあり、お駒のような密偵は滅多にいない。そんな女だから男運がないのかもしれない。

「お駒の代わりなどおるまいな……」

「それでも手放しますか？」

半左衛門に念押しされて、勘兵衛はお駒を手放せないことに気づいた。

二人は黙って粥をすする。

腹の中では二人とも困ったことになったと思っている。

第十章　芦ノ湖畔《あしのこはん》

七草粥《ななくさ》の日、半左衛門は八丁堀から神田のお駒の長屋に向かった。供には同心の本宮長兵衛と小者一人だけだ。

七草粥とは正月七日の朝、人日《じんじつ》の節句に一年の無病息災を願って食す粥のことである。この風習は古く楚《そ》の国から伝わったという。

昔、楚の国に大しうという孝行者の男がいた。

親は既に百歳を越して体が不自由になっている。それを悲しんだ男は、山に入って二十一日間の苦行を行う。

「親を若返らせるため、老いを自分に移してもらいたい」

その祈りが天上の帝釈天《たいしやくてん》に聞き届けられた。

「願いはわかった。須弥山《しゆみせん》の南に八千歳の白い鵞鳥《がちよう》がいる。その鵞鳥の秘術をそなたと父母に授けよう」

帝釈天は大しうの孝行を愛《め》でた。

「毎年、春の初めに七種の草を食べなさい。その食べ方を教えよう」

大しうは帝釈天の教えに耳を傾けた。

「一月六日までに七種の草を集めておきなさい。それを次のようにしなさい。柳の器《うつわ》に草を載せて玉椿《たまつばき》の枝で叩きなさい」

七草の食べ方を帝釈天が話した。

「その順番は酉《とり》の刻から芹《せり》を叩き、戌《いぬ》の刻から薺《なずな》、亥《い》の刻から御形《ごぎょう》、子《ね》の刻から田平子《たびらこ》、丑《うし》の刻から仏座《ほとけのざ》、寅《とら》の刻から菘《すずな》、卯《う》の刻から清白《すずしろ》、辰《たつ》の刻からはこれらの草を合わせ、東から清水を汲《く》んできて煮て食べること」

帝釈天の言葉を大しうは頭に刻み込んだ。

「一口で十年、七口で七十歳若返るだろう。その先は八千年生きることができるだろう」

大しうは急いで山を下りると七種の草を集め、帝釈天の言葉通り六日の夕刻から支度にとりかかった。

一晩中草を叩き、朝には東から清水を汲んできて、七草入りの粥を炊いて親に食べさせると、たちまち若返ったという。

七草粥の作り方だが「七草なずな唐土《もろこし》の鳥が日本に渡らぬ先にストトントン」と、歌いながら草を叩くとよいそうだ。

「お駒、いるかい？」

「あッ、長野さま、こんなところまで……」

「久しくそなたの顔を見ていない気がしてな。立ち寄ってみたのだ」

「正月のご挨拶にもお伺いしませんで申し訳ございません」

「何か忙しいことでもあったのか？」

「そんなことはございません」

いつも幾松が現れるのに、与力のそれも筆頭の長野半左衛門が、長屋に足を運んでくることなど考えられないことだった。

奉行の勘兵衛が呼んでいると直感した。

勘の鋭いお駒は、定助のことではないかと思った。

「すぐお茶を……」

「いや、そなたの顔を見ればいい。奉行所は正月でも忙しいからな」

「わざわざ申し訳ございません」

「元気ならいい、邪魔したな……」

お駒は長屋の路地まで出て半左衛門と長兵衛を見送った。

ここ数日、定助が帰ってこないので、お駒は心配していた。そこに、長屋などに来るはずのない半左衛門が現れたので、お駒は定助に何かあったのではないかと思った。だが、まさか定助が奉行所に捕まっているとは想像しなかった。

その日、お駒は上野不忍の掛茶屋、桔梗屋に行って直助に会い、池ノ端に連れ出した。

「ほう、定助が生きていたのか？」

「ばったり会ったもんだから泡食っちまって……」

直助は、お駒と定助の仲を感じ取った。

「お駒ちゃん、あんな小僧を相手にしちゃいけねえよ……」

「それが……」

「そうかい。もう厄介なことになったのかい？」

「そうらしいんだ。今朝、長野さまが長屋に見えられて、何もおっしゃらずにお帰りになったんだ」

「長野さまが……」

直助も何かあると感じた。

奉行所で奉行の次の立場ともいえる筆頭与力が、何かなければ密偵の長屋に顔を出すわけがない。それも、何も言わずに帰ったというのは変だ。

いくら正月とはいえ、おかしなことではないかと直助は思った。供に本宮長兵衛を連れていたということは、長野さまの個人的なことではないはずだ。

「嫌な予感がするんだ」

「そうだな。長野さまが定助のことを知ったか？」

「お叱《しか》りならあたしを呼び出すだけじゃない？」

「そうか……」

直助は困った顔でお駒を見た。

「兎《と》に角《かく》、奉行所に顔を出すことだな」

「一緒に行ってくれる？」

「正月のご挨拶もあるからいいよ」

「ありがとう……」

お駒は一人で奉行所に行くのが怖いのだ。

勘兵衛が下城する昼過ぎ、お駒は直助と一緒に呉服橋御門内の奉行所に現れた。

「おう、直助も一緒か、お奉行は今お城から戻られたばかりだ。お会いになる前に、二人に見てもらいたい男がいる。強情で名前も白状しない」

半左衛門が手を焼いているという顔だ。

お駒は嫌な気分になった。

「捕まる時に右腕を怪我した。それで、まだ拷問《ごうもん》はしていない。ちょっと顔を見てやってくれ……」

牢番が二人を奉行所の仮牢に連れて行った。

怪我の手当てを受けている定助は、牢の奥に小さくうずくまっている。顔は見えないが、お駒は着物に見覚えがあった。

「定助……」

「何ッ！」

直助が牢内を覗き込んだ。聞こえたのか定助が顔を上げた時、二人にははっきりとその顔が見えた。お駒はよろめいて後ろに下がった。

「お前は定坊か？」

「叔父《おじ》さん、どうしてここに、姐《は》さんも……」

定助が膝と片手で牢格子まで這い出してきた。

「どうしたんだ定助！」

直助が怒った顔になった。お駒は定助が江戸を荒らし回っている鼠ではないかと体が震えた。

「助けてくれ……」

「何をしたか聞いているんだ！」

強情な定助は言わない。

「姐さん……」

「何をした！」

直助が牢格子に手を突っ込んで定助の着物の襟《えり》をつかんだ。

「てめえッ、何をしやがったッ！」

「直助さん、そりゃいけねえよ」

牢番が直助を咎《とが》める。

「すまねえ……」

定助の襟を放して直助が手を引いた。それを見て定助はすべてを悟った。

「姐さん、おいらを売ったのか？」

「馬鹿野郎ッ、お駒ちゃんがそんなことするわけがねえだろう！」

直助の鉄拳が牢内の定助を襲った。仰のけにひっくり返って定助が鼻血を流す。

「直助さん、いけねえよ。この男は江戸を荒らし回った鼠だ……」

見かねた牢番が、親しい直助に言ってはならないことをささやいた。それはお駒にも聞こえた。

「あァッ、やっぱり……」

絶望したお駒が、牢格子の前の土間に崩れ落ちた。

「お駒！」

「お駒さん！」

直助と牢番が大慌てでお駒を砂利敷まで運び出した。

そのお駒が気が付いた時、喜与の顔が目に入った。奉行所の奥の役宅に寝かされていたのだ。喜与とお香が看病していた。

「奥方さま……」

「お駒さん、気持ちをしっかり持って……」

「すみません……」

お駒が両手で顔を覆《おお》って泣いた。あまりの緊張と絶望と恐怖とでお駒は気を失ったのだ。

「白湯《さゆ》を召し上がれ……」

「奥方さま……」

お駒は喜与のやさしさに泣いた。

「こういうことは仕方のないことなんですから……」

「お奉行さまに合わせる顔がないの……」

「そうね、でも殿さまはお駒さんをわかっておられますよ。お駒さんのことを一番好きなんですから……」

お駒の涙が止まらなくなった。

喜与とお香が部屋から出て行くと、入れ替わりに勘兵衛と直助が入ってきた。お駒は慌てて布団から出ると勘兵衛の傍に座って平伏した。

「お駒、大丈夫か？」

「はい……」

「お前はわしを裏切ったわけではない。定助とは幼馴染《おさななじみ》だそうだな。未練があるか？」

お駒はまだ心の整理ができていない。未練がないと言えば嘘《うそ》になる。お駒は答えずに平伏したままだ。

「そうか、いいだろう」

「お駒ちゃん、いいのかい？」

直助が心配そうに言う。

「お駒、定助は死罪だが、奉行所に対するお前の功績によって江戸払いに減刑する。二人で江戸から出て行け、二度と江戸に戻ることは許さぬ！」

「申し訳ございません……」

「お駒ちゃん、本当にいいのかい、定助で？」

勘兵衛は怒った顔で部屋から出て行った。すぐ定助は牢から出され、お駒と定助はその日のうちに江戸から追放された。

二人を六郷橋まで見送ったのは宇三郎と直助だけで、それ以外の見送りを勘兵衛は許さない。罪人の江戸追放である。

「お駒、これは奥方さまからだ」

「望月さま……」

「受け取れ、お奉行さまのお慈悲を忘れるでないぞ。奥方さまの言付けは、五年したら江戸に戻ってきなさい。殿さまの気持ちも変わっているだろうから。伝えたぞ」

「勿体《もったい》ないお言葉にございます」

「気をつけて行け……」

「定助、もう足を洗え、お駒ちゃんを幸せにしないとただじゃおかねえからな！」

「わかっているよ叔父さん。心配ねえ……」

何んとも心もとない定助なのだ。夕暮れの六郷橋を渡って上方《かみがた》に行く二人を、宇三郎と直助が見送った。

「あの野郎、駄目だな……」

直助がボソッとつぶやいた。

「懲《こ》りていないか？」

「はい……」

「お駒はお奉行を裏切ったな？」

「幼馴染がまずかったようで、放っておけなかったんだと思います。そこにあの野郎がつけ込んだ。そうでなきゃ、あのお駒が易々と心を許すはずがないんですよ……」

直助が悔しそうに言う。

勘兵衛は素早く事件に決着をつけたが、お駒を失った痛手は大きかった。

そんな気落ちした勘兵衛を見かねたのか、その夜、お香が喜与にお駒の代わりに仕事をしたいと申し出た。

「江戸に不慣れでできますか？」

「はい、半年もすれば慣れると思いますが？」

「そうは言っても、楽な仕事じゃないんですよ……」

お香も女賊だった。度胸もあるし機転も利く賢《かしこ》い女だ。喜与はわかっているが乗り気になれない。危ない仕事なのだ。

お駒と定助は川崎宿に泊まっていた。勘兵衛がお駒への温情で決着をつけた事件だが、まだ終わっていなかった。

「姐さん、箱根の湯で湯治をしようよ。いいだろう？」

「お前、そんなことを言って……」

「これなんだからいいじゃないか、痛いんだから……」

長兵衛の剣で折られた腕を痛そうにする。この男は江戸払いなど気にもしていない。お駒のお陰で殺されずに済んだぐらいにしか思っていない。

「仕方ないね。三日だけだよ？」

「五日にして、何も急ぐ旅じゃないんだから……」

「五日だけだよ。お奉行さまと上方に行くって約束したんだから……」

「姐さん、誰も見てるわけじゃないんだ。江戸を出てしまえばどこに行こうがこっちの勝手だ。そうだろう？」

「そんなこと、いうもんじゃないよ馬鹿だねえ……」

相変わらず惚れた弱みでお駒は定助に甘い。それをわかっている定助は、まったく懲りない横着者《おうちゃくもの》だ。生意気なことを口にする。

二人は箱根の温泉まで行くと長湯治と洒落込《しゃれこ》んだ。

死罪を免《まぬが》れてきたとは思えない羽振りの良さで、お駒も日に日に定助に毒されていった。若い男の毒は年増《としま》女には強烈でたちまち体中に回った。

五日の約束だった湯治が、だらだらと一日、二日と長引いた。定助は落ち着いてしまってお駒が促しても、もうちょっとと言って動かなくなった。

そのうち、湯屋の女に手を出すなどやりたい放題になってきた。すると、小遣い銭に窮《きゅう》した定助はお駒が寝てから起き出して盗み仕事に出た。

まだ、怪我が完治していないのに定助は傲慢《ごうまん》になっていた。盗賊には自慢はいいが傲慢と油断は禁物である。

屋根伝いに隣の旅籠《はたご》に忍び込んで小判を奪ったのはいいが、暗い中で片手が使えないのだから不自由だった。逃げる時に屋根に出ようとして転んだ。

運が尽きた時は怖い。

定助の忍び込んだ部屋には武家が泊まっていた。抜き打ちざまに刀が定助の背中を右肩から左脇腹に斬り裂いた。

「ギャーッ！」

凄まじい悲鳴で屋根に飛び出したが、ゴロゴロ転がって軒下に落下して絶命する。その死骸の周りに奪った小判が散乱した。

真夜中に宿場は大騒ぎになった。お駒も目を覚まして窓から外を見る。隣の旅籠の灯りの下に屋根から落ちた定助が転がっている。ピクリとも動かない。

「この野郎、死にやがったぜ！」

「馬鹿な野郎だ。腕を怪我していながら盗みに入るとは、とんでもねえ奴《やつ》だ！」

「斬られたのは自業自得《じごうじとく》だ！」

お駒は何が起きたか一瞬で悟った。

大急ぎで旅支度をすると、騒ぎに紛《まぎ》れて旅籠を飛び出した。調べられれば定助の相棒として捕まってしまう。

瞬間、お奉行に迷惑をかけると思った。

宇三郎から預かった喜与からの金子は、米津家の家紋入りの袱紗《ふくさ》に包まれていた。江戸から奪ってきたと思われる。逃げるしかなかった。

どこをどう逃げたのか夜が明けた時、お駒は箱根の芦ノ湖の傍に立っていた。入水《じゅすい》して死ぬしかないと思い詰めた。

あっという間に、お駒は死の淵《ふち》に追い詰められた。

ここで死ねば誰にも迷惑はかけないと思う。お奉行が温情で死罪を許してくれたのに、わずか数日で死ぬとは定助も運がないが、自分も同じだとお駒は思った。

死んでお奉行にお詫《わ》びするしかない。

この湖で仕舞《しま》いにしようと決心した。歩み始めたその時、

「お姉さん、こんな寒いところにいちゃいけねえ、あの富士のお山からの吹きっさらしだ。静かなのは今だけですぜ、すぐ風が吹き出して雪が飛んできやすんで寒いよ……」

「駕籠に乗っておくんなさい？」

「あっしらは江戸の北町奉行米津勘兵衛御用の木札をいただいているんだ」

「お奉行さまの？」

「へい、見ておくんなさい直筆の木札でござんすよ」

お駒はお奉行が呼んでいると思った。死ぬなと言っている。

「お奉行さま……」

お駒は泣きそうになった。

「お姉さんはお奉行さまを知っていなさるようだね。あっしらはお奉行さまに助けられたんだ。暮れにも三島宿から小田原宿まで、この駕籠に乗っていただいたんですぜ、二人の自慢なんだ。そうだな相棒？」

「おう、お姉さんは一人旅かい、箱根のお山は危ねえ、あっしらが一番安心な駕籠だ。なんてったってお奉行さまのお墨付きでござんすからね。小田原宿まで行くのかい？」

お駒が小さくうなずいた。

急いで江戸に戻らなければならない。お奉行さまが呼んでおられる。

「小田原宿までなら下りだからすぐでござんす、乗っておくんなさい」

富松と権平は、お駒を駕籠に乗せて小田原宿に向かう。

「お奉行さまの代わりに別嬪《べっぴん》のお姉さんだ。有りがてえな相棒ッ、行くぜッ！」

「おうッ、がってんだッ！」

威勢よく山駕籠が上がる。

「おいッさー、ほいッさー……」

お駒から憑《つ》き物が落ちたようで、早く江戸に戻らなければならないと思っている。死の淵の土壇場に追い詰められ、お駒は正気に戻った。

箱根山に定助を捨てて、一気に小田原宿に下ってきた。

「お姉さん、これからどうなさるかね？」

「どうしようかねえ、これ酒代だから取っておいておくれ……」

「そりゃいけねえ、小判なんていただいちゃ罰が当たっちまうぜ！」

「いいから、これしかないんだ。取っておくれな」

「それじゃ、お姉さんを江戸まで担《かつ》ぎますよ。なあ、相棒！」

「そうだ。それがいい。あっしらも偶《たま》には江戸に行ってみてえ、担がせておくんなさい。江戸まで二十里（約八〇キロ）だ。別嬪さんの一人旅は危ねえ、危ねえ……」

「これから平塚宿までなら楽に行けやす、藤沢宿まで行けば明日の夕方には江戸に入れやす」

「そんなに急がなくても……」

「そうですかい。なら平塚宿までにいたしやしょう。相棒ッ、行くぜッ！」

「おう、がってんだッ！」

「おいッさー、ほいッさー……」

富松と権平の駕籠が上がって大磯宿に向かった。二人が江戸に向かうのは何年ぶりになるか忘れてしまった。天下御免の江戸北町奉行米津勘兵衛御用の駕籠のお通りだ。

「北町奉行米津勘兵衛さまの御用の駕籠だ。通りますぜ、御免なすって！」

大磯宿は素通りする。

北町奉行米津勘兵衛御用の木札の威力は絶大だ。御用だといえば通れないところがない。その駕籠には飛び切りの美人が乗っているのだから訳ありだ。

「威勢がいいな。あの野郎は箱根じゃないか？」

「ああ、えらくいい女が乗っていたな……」

「北町の御用だとよ？」

「あれは評判の木札だ……」

「江戸のお奉行の御用じゃ手出しはできねえ……」

「御用駕籠か……」

大磯宿の駕籠かきたちが、羨《うらや》ましそうに富松と権平の駕籠を見送った。この大磯宿から平塚宿までは二十七町しかない。

「おいッさー、ほいッさー……」

富松と権平の駕籠が平塚宿の駕籠屋に飛び込んだ。まだ、夕刻までは一刻半（約三時間）ほどある。

「親方！」

「おう、箱根の富松と権平じゃねえか？」

「親方、お奉行さまの御用だ。江戸まで早駕籠にしてえ、二人ばっかり頼みてえんだ」

「御用か、いいよ二人でも三人でも！」

「有りがてえ！」

富松がお駒を早く江戸に届けようと考えた。前棒に横棒を入れて二人で担ぎ、後棒にも横棒が入って二人で担ぎ、補助が一人ついて、前棒に紐《ひも》を結んでそれを担いで引っ張る。

「おいッさー、ほいッさー……」

奉行所御用の早駕籠が仕立てられ、夜も寝ないで江戸に急いだ。なんとも大袈裟なお駒の江戸入りになった。

「おいッさー、ほいッさー……」

途中で何度も休みを取りながら、お駒の早駕籠は威勢よく江戸に入り、昼頃、北町奉行所に飛び込んできた。

江戸城に登城して勘兵衛は奉行所にいなかった。

お駒は罪人のように砂利敷に入った。

「どうしたお駒？」

驚いて半左衛門が出てきた。奉行所の騒ぎに藤九郎が顔を出す。

「青木さま……」

「富松、どうした？」

「へい、このお方を箱根から……」

富松たちも砂利敷のお駒の後ろに座っている。

「お駒……」

お奉行に追放されたお駒が一人で戻ってきた。騒ぎを聞いた喜与が、神聖な公事場には出ず、草履を履いて庭から回って砂利敷に現れた。

「奥方さま……」

お駒が泣き崩れた。半左衛門が呆然《ぼうぜん》としている。

「富松、お前たちはこっちに来い……」

藤九郎が駕籠かき五人を砂利敷の外に呼び出すと事情を聴いた。富松がお駒と芦ノ湖畔で出会ったことから話し出した。

「誰か、連れはいなかったのか？」

「へい、一人で立っておりやした。そうだな相棒？」

「そうです。どこにも連れなどおりやせんでした。一人でボーッと……」

「訳ありかなと思いやした」

富松が危ない女ではないかと思って声をかけたのだ。滅多にいないのだが、水に入った女が浮くことがあった。

「話していると、お奉行所の縁者ではないかと思いましたので担がせていただきやした」

「うむ、いい機転だ」

「恐れ入りやす、それではあっしらはこれで……」

「ちょっと待て、もうすぐお奉行がお城から戻られる。顔を見せていけ！」

「へい、それじゃ一休みを……」

そう言っているところに、馬に乗った勘兵衛が戻ってきた。富松たち五人が門の傍で土下座して迎えた。

馬から降りた勘兵衛が藤九郎から話を聞き、藤九郎と文左衛門を連れて五人の前に歩いてきた。

「富松に権平、大儀である！」

「ははッ！」

「平塚の仲間だそうだな？」

「へい、さようでございやす」

「うむ、大儀である！」

「へへッ……」

「お駒が世話になったようだな。藤九郎、五人に酒代をはずんでやれ！」

「はッ！」

「五人とも気をつけて帰れ……」

そう言い残して勘兵衛が大玄関から奉行所に入った。

その頃、お駒は砂利敷きで大泣きをして、喜与に江戸追放後の数日の顚末《てんまつ》を話していた。半左衛門が泣きじゃくるお駒に打つ手がなく黙って聞いている。何んとも男運のないお駒だ。

「お香、喜与は？」

「砂利敷へ……」

「そうか、着替えだ」

「はい……」

お香に手伝わせて着替えると座って煙管を抜いた。煙草を詰めて一服すると、お香が茶を運んできた。そこに喜与が戻ってくる。

「お迎えをせず、申し訳ございません」

「お駒が戻ったそうだな？」

「はい、定助は箱根で盗みを働き、武家に見つかり斬られたそうにございます」

「死んだのか？」

「ええ、捕まると殿さまに迷惑をおかけすると思い、お駒さんは逃げたそうでございます。これを持っていましたから……」

喜与が米津家の棕梠《しゅろ》家紋の袱紗に包まれた包みを勘兵衛の前に置いた。それをチラッと見て、また煙管に煙草を詰めた。

二度と江戸に戻るなと怒った勘兵衛が、好きなお駒がどこにも行かず戻ってきたのがうれしいのだと喜与にはわかる。

「殿さま……」

「なんだ？」

「お駒さんは憑き物が落ちました。叱らないでいただきたいのですが？」

「そうはいかん、わしを裏切った女だ」

うれしいくせにこういうことを言う。

「ですが、女は弱い者です。悪いのは定助ですからお駒さんには罪はありませんから……」

「ふん……」

鼻を振って煙草に火をつけた。

大好きなお駒が戻ってうれしいのだと喜与は思う。

「くれぐれもお叱りのないようにお願いいたします」

そう言って、お香を連れて部屋から出て行った。

「叱るな、か……」

勘兵衛がポンと灰を落とした。

「それにしてもよくよく男運のない女だ。困ったことだな……」

ブツブツ言いながら立ち上がると一人で公事場に出て行った。

泣き疲れたお駒は、半左衛門に聞かれるまま話していたが勘兵衛の顔を見ると、またポロポロと泣き出して砂利敷の筵にうずくまった。

「お駒、そこは罪人の座るところだ。お前は罪人ではない」

「お奉行さま……」

「裏切り者が……」

勘兵衛がニッと微笑《ほほえ》んだ。お駒が両手で顔を覆うとワーッと声を出して泣いた。勘兵衛が立つと公事場から消えた。

「お駒、お奉行さまのお許しが出たのだ。遠慮することはない。いつものように奥に上がりなさい」

喜与を始め、勘兵衛も半左衛門もお駒にやさしかった。

第十一章　神田明神《かんだみようじん》

お駒の長屋は空き家のままになっていた。

奉行所から戻ると、お駒は以前と同じように神田の庄兵衛長屋に入った。

その夜、お駒の長屋に幾松とお元、直助と浅草の二代目鮎吉の正蔵、益蔵とお千代《ちよ》などが集まってきた。

お駒が戻ってきてよほどうれしかったのか、直助がいつになく酒を飲んで初めてお駒の長屋に泊まった。笑ったり泣いたり大騒ぎだった。

翌朝早く目を覚ますと、直助は黙って長屋を出て上野に戻って行った。

「良かったな。何事もねえ、何ごともな……」

ブツブツ言いながら歩く。お駒が戻って一番うれしいのが勘兵衛と直助なのだ。

その頃、神田明神《かんだみようじん》の門前に、暮れにできた掛茶屋があり噂《うわさ》になっていた。その噂の原因は、そこの女将《おかみ》が三十がらみの年増だが、なかなかの美人で色っぽいということだった。

女将は近所の小女《こおんな》を一人使っていたが、この娘も小町《こまち》と言われるほど可愛《かわい》らしかった。

神田明神は家康が江戸に入った時、平将門《たいらのまさかど》の首塚の辺りにあったのだが、江戸城を拡張するため神田台に慶長《けいちょう》八年（一六〇三）に移転させた。元和二年（一六一六）にも二度目の移転があった。本郷台に鎮座し江戸城の鬼門封じとされた。

江戸城の守り神になった。

神田明神の神田は、将門の体の体が訛《なま》って神田になったといわれるほどで、平将門命《のみこと》をお祀《まつ》りしている。

神田は伊勢神宮《いせじんぐう》の御田《おんだ》があった場所ともいう。

その神田明神の掛茶屋の女将はお浦《うら》、小女は小冬《こふゆ》といった。

この頃、惣構《そうがま》えの江戸城の外濠《そとぼり》の整備が行われている。江戸城の内濠の周囲は四十町（約四三六〇メートル）、外濠は七十三町（約七九五七メートル）という巨大なものだった。

江戸城そのものがまだまだ完成しておらず、寛永《かんえい》十三年（一六三六）頃まで三十二年をかけてようやく完成する。江戸城は本丸、二の丸、三の丸、西の丸、吹上、北の丸、五重の大天守閣などを持ち、その周囲が四里という巨城になる。

その北東の丑寅《うしとら》の鬼門を守るのが神田明神だった。

鬼門とは鬼が出入りする門、方位である。その鬼が江戸に入らないようにするのが神田明神であった。

女将のお浦には妙な癖があって、夜になると黒装束に身を包んで、フラッと家を出て行き一刻ほどすると戻ってくる。

月に一、二度そういうことがあった。

その時のお浦は髪を後ろで束《たば》ね、頬《ほお》かぶりを取った時の顔は眼光鋭く、掛茶屋のお浦とは思えないゾクリッとするほど妖艶ないい女だった。

お浦が小冬の傍《そば》に寝ると、寝ぼけの小冬がお浦の腕を抱き、猫のように丸まってお浦の乳を吸いに来る。そんな小冬を抱いてお浦は夜歩きの興奮を静める。小冬はお浦の正体を知らない。

朝になると、お浦は必ず神田明神にお参りに行った。

雨の日でも雪の日でも、お浦は神田明神に行って手を合わせる。

「女将さんは熱心ですね？」

小冬はそんなお浦を大好きだ。

「神田明神さまのお陰で商売ができるんだから、小冬もお参りしてみるといいよ。きっと、いいことがあるから……」

「いいこと？」

「いい人ができるとか？」

「女将さん、小冬のいい人は女将さんだから……」

「まあ、この子は馬鹿だね。お前が寝ぼけて乳を吸うから、乳首が大きくなっちゃって……」

「女将さん……」

小冬がお浦に抱きついた。

「ほんとに好きなんだから……」

「あたしもお前のことは好きなんだから……」

「うん……」

朝からおかしな雰囲気の二人なのだ。

まだ薄暗いうちから神田明神にお参りに来る人が多い。いつまでも抱き合っている暇はない。

「いらっしゃいまし！」

客が縁台に座る。

「朝はお浦さんの茶を馳走《ちそう》にならないと、気分が晴れなくっていけねえや……」

「いつもありがとうございます」

神田明神には大店《おおだな》の旦那衆から大工や左官の職人衆まで、色々な人がお参りに来て、何人かは必ずお浦の掛茶屋の縁台に座る。

「御免なさいよ」

「いらっしゃいまし……」

「茶をくださいな」

老人が煙管《キセル》を抜いて煙草《たばこ》を詰め、煙草盆から火を移してうまそうに一服やる。

どこかの神信心の好きな楽隠居なのだろう。

こういう暇《ひま》そうな老人のお参りが朝には多い。

体を動かさない老人には神信心が一番いいのだ。朝の暗いうちから浅草だ、神田明神だと騒いで歩くわけだから体にいい。

その上、うるさい年寄りが家からいなくなることで、家人や奉公人まで小言を聞かないですむから大喜びである。

「今度ね、神田明神の門前にできた掛茶屋には、いい女将がいるんだ」

「ほう、父さん好みの？」

「目の薬になるのさ……」

「そんなに気に入りなら、父さんの後添えに考えては、あたしゃ構いませんよ？」

「お前、そんなことしてみろ、一年もしねえで死んじまう。馬鹿を言うんじゃないよ」

「へえ、どんな人かね？」

「お前は見ない方がいい。お前は修行が足りないから見ない方がいい。憑《と》りつかれるから見ない方がいい……」

「そう言われると益々《ますます》……」

「お前さん、あたしでは不満なんですか？」

「不満なんかありませんよ。それとこれとは違いますから……」

「あれもこれも同じです。父さんもいい年して女に色目なんか使っちゃって、あたしはそんな人嫌《いや》ですからね！」

老人が娘に叱《しか》られる。婿《むこ》の旦那は片目をつぶって苦笑いする。

どこかに一人の美人が現れると、あちこちでそういうことが起きてパッと噂が広がる。すると、放っておけ、神信心なんざあ明後日《あさって》来やがれという不届き者まで、にわか信者になって押し寄せてくる。

「いい女だねえ、ふるいつきたくなるね。あっしゃ吉原の玉鬘《たまかずら》よりこっちの方がいい！」

「玉鬘か、五分だな。勝負つかず……」

「馬鹿野郎、玉鬘はお足を積めばなんとかなるが、こっちは銭じゃ動かねえときやがる。こっちの方が一段上だろうが？」

「そういうことになるか？」

「あたりめえだ。神田明神は将門さまだっていうからいい女も集まる。なんてったって江戸の守り神だからな……」

「それじゃ、女将は弁天《べんてん》さまだ」

「弁天さま、観音さまじゃねえのか？」

「そうか、観音さまか？」

弁天さまも観音さまも一緒くたにしてしまう連中だ。そのうち、小冬も客に慣れて色気づいてくる。

「春にゃ、いい咲きごろになるだろうよ」

平将門命は武将で、そういう神さまではないのだが、江戸では人の口の端《は》にのぼると人気に火がつくことになる。

お浦と小冬の坂の上の掛茶屋は客が絶えなかった。

そんな噂をいち早く聞きつけたのが幾松の手下の寅吉だった。

「親分、神田明神のお浦の話、今、評判なんで……」

「お浦？」

「へい、吉原の玉鬘よりいいって言うんで、神信心なんか無縁の連中までお浦を見に……」

「神田明神にか？」

「そうなんで……」

「いいことじゃねえか、罰当たりの連中でも手を合わせれば、神さまはよろこばれるだろう」

「そんなんじゃねえんで、お浦なんですよ目当ては……」

「あたしも聞きましたよ。そのお浦さんと小冬ちゃんという二人の話……」

小間物屋のお元のところにもそういう噂は集まってくる。

「お浦と小冬というのか？」

「小冬はまだねんねですが、お浦の方ですよ親分。一遍《いっぺん》見てみましょうよ……」

「おれはいい、おめえ一人で見て来い」

「親分……」

「行ってくればいいじゃないか、寅吉と一緒に……」

「いいのかいお元、おれはいい男だから、どうなっても知らないからな？」

「お前さん、そんなことしたらただじゃすまないから、お奉行さまの前に出てもらうから……」

「親分、まずいんじゃねえか？」

「馬鹿野郎、お元はおれに惚《ほ》れている。おれもお元に惚れている。そんなことになるわけがねえじゃねえか、なあお元……」

「うん……」

「チッ、いいから、早いとこ腰を上げておくんなさいよ親分！」

いつも二人の仲のいいところを見せつけられている寅吉なのだ。この二人は人前でもでれでれして異常だと寅吉は思っている。可愛い顔してお元も結構ないい玉なのだ。

「慌てるねえ、お浦は逃げねえよ。なあお元……」

「そうだよお前さん……」

寅吉は馬鹿々々しくて見ちゃいられねえと思う。

幾松とお元は端《はな》っからでれでれだった。吉原のお元を幾松は鬼屋《おにや》の万蔵《まんぞう》と争った。

幾松は鬼屋の職人だったが、お元は若旦那の万蔵ではなく、お元を好きで好きでたまらない幾松の方を選んだ。

好きになるということはそういうことなのだ。

二人はしばらく一緒になれなかったが、その分情が濃くなった。

お奉行の計らいで二人は一緒に住み、幾松はご用聞きにも使ってもらった。お奉行には返しきれない恩がある。

そのお奉行の名が出れば、何があっても二人は仲良しになる。

「ちょっくら行ってくる。昼までには帰るから……」

「うん、待っているからね……」

この待っているからねがお元の呪《まじな》いなのだ。この呪文にかかると男は飛んで帰る。

「いいよ、帰ってこなくて……」

などと邪険にされると「馬鹿野郎、てめえ、この野郎……」ということになる。

「寅吉、おめえもお元のようないい女を嫁にもらえ……」

「親分、おいらにそんな女が授かると思いますかい?」

「そんな意気地のないことを言うんじゃねえ、お浦でも小冬でも口説《くど》いてみやがれ……」

「おいらにそんな甲斐性《かいしょう》はねえです」

神田明神にお浦を見に行った幾松は、噂にたがわぬ美人に驚いた。

そのことを奉行所の半左衛門に報告した。

「幾松、人の噂も七十五日というではないか、そのうち、噂も下火になろう。そんな美人ならゆっくり見たいものだ」

「へい、今が盛りのようで……」

「繁盛していたか?」

「縁台は満席でございました」

「それは良いことだ」

半左衛門は江戸の噂が移り気であることを知っている。いつの間にかまったく違うことが噂になっていることが少なくない。

そんな噂は何《な》んと言っても吉原が多い。

その頃、上野の直助が神田明神のお浦の店の茶屋にいた。

掛茶屋の縁台はいつものように満席だった。

直助はお浦の噂を聞いて、訳ありの女じゃないかと勘が働いたのだ。知っている女かと見に来たのだが、あいにく知らない女だった。

その直助はお浦がただの茶屋女だとは思えなかった。

お茶を一杯だけ馳走になって神田明神に歩いて行った。それをお浦が見ている。

「あの人は商人《あきんど》宿の……」

お浦は直助を知っていた。

毎日が忙しくこのところお浦は夜歩きをしなかった。

客が多く疲れ果てて小冬を抱いて寝てしまう日が続いた。寝ぼけの小冬がお浦の乳を吸いたがる。

お浦は二十歳前に一度子を産んだことがある。女の子だったがその子は育たず誕生を待たずに亡くなった。そんなことがあって小冬の寝ぼけを甘やかした。

そんなある日、もう茶屋を閉めようとした時、旅姿の老人が縁台に座った。客はもう誰もいなかった。

「とっつぁん！」

「お浦、元気そうだな？」

「ええ、もう店を閉めますから、中に入っておくんなさいな……」

「そうか……」

老人が茶屋の周囲を警戒して中に入った。

「いらっしゃい……」

小冬が挨拶《あいさつ》した。老人は、お浦が子を亡くしてから、男より女を好むようになったのを知っている。

「小冬、二階に案内して？」

「はーい！」

お浦は急いで店を閉めると二階に上がってきた。

「お茶をお願いね？」

「はい……」

二階の部屋に人を通すのは初めてだ。お浦と小冬も二階を使うことは滅多《めった》にない。

「あの子は？」

「小冬ですか？」

「お前の正体を知っているのか？」

「知らないと思います」

「そうか……」

「お頭《かしら》は達者でございますか？」

「ああ、伊那谷に引っ込まれてからは静かなものだ」

「それじゃお留さんと丑松さんとお暮らしで？」

「そうだ……」

「お頭がお元気でようございました」

「去年の暮れにな、お頭が岡崎宿で米津勘兵衛と会われたんだ」

「えッ……」

「北町の鬼勘だ」

「どうしてそんな危ないこと？」

老人がニッと笑う。

「お頭らしいところだ。北町のお奉行に今生《こんじょう》の別れをしなすったのさ……」

「鬼勘はお頭をわからなかったんですか？」

「いや、わかったそうだが、煙管を交換して、互いの煙管で一服つけて別れたそうだ。鬼の勘兵衛は底の知れない男だ。恐ろしい……」

「粋だねえ、どんな男か一遍会ってみたいねえ……」

「馬鹿を言うんじゃねえ、お頭だから無事に済んだがお浦、なめてかかるとひどい目にあうぞ。手を出すんじゃねえ！」

「わかってますよ小頭……」

そこに小冬が茶を運んできた。

「小冬、この人はあたしの父さんのような人なんだ」

「はい、小冬と申します」

「わしは平三郎《へいざぶろう》というのだが、信州《しんしゅう》から出てきたばかりでな、しばらくここで世話になるつもりなんだ。厄介をかける……」

「はい、信州というのは遠いですか？」

「遠いよ。京よりはちょっと近いぐらいかな？」

「まあ、そんなところから一人で？」

「そうだ……」

「怖くないですか？」

「怖い？」

平三郎がニッと笑った。

「わしは中山道を来たが、山の中だから怖いな」

小冬が納得してうなずいた。

「あたしは少し話があるから、小冬は先に休んでいいからね……」

「はい、ごゆっくり……」

挨拶して小冬が階下に下りて行った。

「気さくないい子だ」

「ええ、あたしには大切な子ですから……」

「そうだな。やはり男は駄目か？」

「とっつぁん、それを聞かないで、思い出しちゃうから……」

「そうか、すまないな」

平三郎は、子を亡くして気が狂いそうなほど泣いたお浦を知っている。

「仕事をしているのか？」

話柄を変えて、平三郎がお浦に聞いた。

実は、伊那谷の朝太郎一味は、日本橋の材木問屋木曽屋忠左衛門に入り、家の者や使用人など二十数人が居たのにもかかわらず、誰にも気づかれずに六千八百両からの大金を奪った。

その小判全部を子分に分配して朝太郎は隠居した。

分け前は一人四、五百両あって、一味は全員懐《ふところ》を温かくして解散したのだった。

この稼業から身を引いた者、雨太郎の配下に加わった者、丑松と一緒になった者など散り散りになった。

平三郎は稼業から身を引いた。

お浦は誰とも組まずに一人で江戸に出てきた。

「江戸に出てくる途中、八王子《はちおうじ》で四十両ほど仕事をしただけです」

「そんな少しばかりか？」

「気持ちがイライラしてついやっちまうんです」

「江戸でやる気ならやめておいた方がいい。例の北町の奉行は怖いぞ。江戸で仕事をした者の多くが捕まっているんだからな。どこまでも追うらしい。京まで追われた者がいると聞いたことがある」

「とっつぁん、この気持ちが落ち着かないんだ」

「病だからな……」

「あたしだって止めたいんだ。だけど……」

「お浦、いい男に抱かれろ、それしかねえ、男に夢中になって仕事のことは忘れるんだ。おめえは苦しいことから逃げている。辛《つら》いだろうが男に惚れるしかないんだぜ、女が仕事を忘れられるのは……」

「とっつぁん……」

「このままじゃおめえはいつか捕まる。三尺高いところで死ぬしかねえ、まだ若いんだ。小冬の代わりのいい男に惚れろ、それしかねえ……」

お浦はうつむいて聞いている。平三郎の言う通りだと思う。

「わしが抱いてやりたいがもう無理だ。何んとかしてやりたいが、この歳《とし》じゃあ死んじまう」

実は、お浦の死んだ子はこの平三郎の子だった。

二人は若いころ、盗賊の禁を破って好き合った。お浦に子ができ二人は朝太郎に殺されそうになった。この稼業では仲間内の色恋は厳禁だ。

一味の結束が壊れる最大の原因が惚れた腫《は》れたで、仲間割れが起きると一味の致命傷になりかねない。

そんなことを朝太郎は何度も見てきた。

追い詰められた平三郎とお浦を見て、朝太郎の後妻お留が二人を助けてほしいと懇願してくれた。

小さな丑松も朝太郎に頼み込んだ。

それで朝太郎は別れることを条件に二人を許したのだった。

「お浦、死んじゃいけねえ、何んとしても生きるんだ。いいか、お前はまだまだ生きられる。わしとお頭はもう駄目だがな……」

「とっつぁん、嫌だよ」

「お前を残してあの世に行くのは辛いが、これは順番だ。お前が来るのを何年でも三途《さんず》の川で待っているから……」

お浦の目から涙がこぼれた。

「泣くな。今度江戸に出てきたのはお頭の使いで、雨太郎さんを探しに来たんだ」

「雨太郎さんが江戸に？」

「それがわからねえ、あんなにお頭に可愛がられ従順だった雨太郎さんが、このところ荒っぽい仕事をしているようだとお頭の耳に入ったんだ」

「殺しを？」

「信じられねえことだがな……」

朝太郎が跡取りとして溺愛した雨太郎だ。

「前から丑松さんとの間が難しかったのだが、お頭が隠居するあたりから、雨太郎さんは一味を作っていた」

「ええ、それは知っています。誘われましたから……」

「男は母親が違うと何かと難しいようだ」

「それで探しに？」

「わしの諫《いさ》めを聞いてくれるとは思わないが、人を殺《あや》める仕事はやっちゃいけねえ、お頭が一番嫌うことなのだ……」

「雨太郎さんがそんなことをするとは……」

「お絹《きぬ》さんが雨太郎さんと一緒なんだ」

「まあ、お絹さんが……」

年の近いお絹とお浦は仲が良かった。仕事も遊びも一緒にした仲だ。そのお絹は雨太郎と同母だった。

「しばらくここに泊まって二人を探してみるつもりだ」

「うん……」

お浦がうれしそうにニコッと笑った。

「お疲れでしょう?」

「久しぶりの長旅だからな。江戸は雪がないからいい。ここは買い取ったのか?」

「うん、神田明神はもう移転しないと思ったから……」

「そうか、いい茶屋だな」

「ずっとここにいて?」

「そうしたいが、お頭が伊那谷だから……」

「一度、高遠に戻ったら、また江戸に出て来て一緒に住もう?」

「そうだな……」

平三郎の寝る支度をするとお浦は階下に下りた。一日中休みなく働いた小冬はもう寝ていた。寝ぼけで寝相の良くない小冬は、丸まってお浦の枕を抱いている。

「小冬、今日は御免ね……」

お浦は寝衣に着替えると、小冬の抱いていた枕を持って二階に上がって行った。

第十二章　呉服橋《ごふくばし》御門外

翌日、旅の疲れを取るように、平三郎は掛茶屋の二階で昼近くまで寝た。

客が空くとお浦が二階に上ってくるがすぐ下りて行く。

相変わらずお浦の茶屋は忙しかった。

通いの小女をもう一人雇おうかと思っている。

昼過ぎ、平三郎は掛茶屋の裏口からそっと目立たないように外に出ると日本橋に向かった。

江戸で仕事をするなら、いくら乱暴になった雨太郎でも、いきなり押し込んで皆殺しにするようなことはしないだろう。

朝太郎と同じように大店にお絹を入れて、大金を狙うはずだと平三郎は考えている。その手口は朝太郎が幼い頃から雨太郎に伝授した。

「子分が多くなるとまとめるのが難しい。荒っぽい仕事で引き留めておくしかない。雨太郎にはお頭のような人望がないから……」

平三郎は雨太郎より丑松の方が朝太郎に似《に》ていると思う。

盗賊の頭としては、雨太郎の器量は小さいし不向きだ。むしろ、丑松の方が大親分になる器《うつわ》だと、平三郎だけでなく朝太郎の古い子分は、口にこそ出さないがみなそう思っていた。

親はできのいい子より、できの悪い子の方が心配で可愛い。

「困ったことになった……」

平三郎は自分で探しながら顔を晒《さら》して歩くことで、雨太郎の子分たちが見つけるだろうと思っていた。

見つければ声をかけてくるはずだ。

日本橋を越えて平三郎は芝《しば》に向かった。一口に芝というがその地域は広い。

江戸城の南を芝という。

芝金杉《かなすぎ》に朝太郎が使っていた隠れ家があった。

平三郎の足はその隠れ家に向かっていた。雨太郎が使っているかもしれないと思ったからだ。その家は金杉川の傍にある。

半町ほど離れて平三郎は見ていたが全く動きがない。

「誰もいないのか？」

警戒して近づいて行った。朝太郎が捨てた隠れ家だ。

「人の気配がない……」

平三郎は百姓家の引き戸を開けて中に入った。かび臭いにおいだけで、人が使った形跡がない。外に出ると戸を閉めた。

「新しい隠れ家か？」

日本橋まで戻って、材木問屋の木曽屋忠左衛門の前を通った。六千八百両を奪った大店だ。

その木曽屋はびくともしなかった。

「お頭が狙う大店は違う……」

朝太郎は小判を奪われてつぶれてしまうような店は選ばない。

これまでした仕事の中で六千八百両は最も多い小判だった。それを朝太郎はみな子分に与えた。

その朝太郎は高遠で五郎山《ごろうさん》の墓守をしている。

朝太郎が最も尊敬するのが、織田軍と戦い二十六歳で亡くなった、伊那谷の守り神仁科五郎信盛だった。

その戦いに百姓の朝太郎は加わった。三十九歳だった。

信玄の息子五郎信盛と共に戦ったのである。五万の織田軍に、武田軍はわずか三千人ほどで立ち向かった。

その戦いの中に平三郎もいた。

木曽屋の前から立ち去ると、神田明神のお浦の茶屋に帰ってきた。日が落ちて茶屋は閉まっていた。裏口から入ると「お帰りなさい」と小冬が迎える。

「すぐご飯にします」

小冬はニコニコと愛想がいい。

平三郎が二階に行くと、お浦が茶を持って追ってきた。

「どうでした？」

「芝まで行ってきた。あの家は使われた気配がなかった」

「つけられた気配は？」

「ない。明日は浅草に行ってみる」

「うん、気をつけて、乱暴な人たちかもしれないから……」

「そうだな……」

平三郎は夕餉《ゆうげ》を食べると寝てしまったが、お浦が枕を抱いてきて傍に横になると目を覚ました。

「今夜もか？」

「うん、駄目？」

「駄目なもんか……」

そう言ったが二晩は難儀な話だ。

翌朝は、早朝詣《まい》りの客が来始めると平三郎は裏口から茶屋を出た。

上野山下から浅草にゆっくり歩いて行くが、後をつけられている気配はまったくない。

「まだ、江戸には入っていないのか？」

色々なことが考えられる。

雨太郎一味は、まだ江戸に手を付けていないか、既《すで》にお絹だけが江戸に入って一味とつなぎだけは取っている。また、全員が江戸に入って新しい隠れ家に潜《ひそ》んでいるなどだ。

長く隠れ家に潜んでいるのは発覚する危険がある。

一味がどんな動きをしているのか見当がつかなかった。平三郎は浅草寺に参拝してお千代の茶屋に腰を下ろした。

「お茶をお願いします」

縁台に腰を下ろして煙管を出すと煙草を詰めて一服やった。人の流れを見ながらうまそうに煙草を吸い、ポンと煙草盆に灰を落として二服目を詰める。

「お待ちどおさま……」

手伝いに来ているお信《のぶ》が茶を出した。お信はお民《たみ》の店にいても暇なものだからお繁《しげ》の店やお千代の店に手伝いに来る。

「ありがとう、ずいぶん人が多いが？」

「ええ、いつもこんなものですけど……」

「そうですか、以前に一度お参りにきましたが、こんなに多くは……」

「浅草は日に日に人出が多くなります」

「なるほど……」

暑い茶をすすって煙草に火をつけた。

「ご隠居さまの煙管は立派ですね？」

「これですか、これは煙草を止めた方からのいただきもので、わしには過ぎた銀煙管でね……」

うまそうにスパーッとやった。

「煙管がいいと味が違うそうですが？」

「そうらしいね……」

平三郎が苦笑した。そんな違いは分からない。

結局、茶をお代わりして四半刻《しはんとき》以上も縁台にわざと座って顔を晒した。これまでこういうことはしないできた。盗賊は人に顔を見られたくないものだ。

平三郎が縁台に銭を置いて立つと益蔵が後を追った。

お千代がただの隠居ではないと不審を感じたのだ。なにかを待っているような鋭い眼光におかしいと思った。

平三郎は二町ほど歩いて尾行に気づいた。

それを待っていたのだから当然だ。だが、知らない顔の男でわざと人気《ひとけ》のないところに誘っても声をかけてくる気配がない。

同じ間合いでつかず離れず尾行の基本だ。盗賊ではない。素人《しろうと》だと思った。

「浅草にご用聞きがいると聞いたことがあるが、あの茶屋だったか……」

朝太郎一味は、勘兵衛の網をすべて調べ上げていた。

平三郎は神田明神に回って参拝した。店の前を通った平三郎にお浦が気づいていた。知らぬ顔で通過して参拝すると戻ってきて縁台に腰を下ろす。

「小冬、あたしが行くから」

「はい……」

小冬が奥に入ってお浦が縁台に出て行った。

「いらっしゃいまし……」

「茶をください。つけられた」

「はい、見たことのない男です」

お浦が注文を取って奥に行くとすぐ茶を持って戻ってきた。

「どこか旅籠《はたご》に泊まる」

平三郎は浅草と同じように煙管を出して一服つけ、茶をすすってから銭を置いて縁台を立った。

「ここに置きますよ」

「ありがとうございます」

坂を下りて神田に向かうと、平三郎はそのまま日本橋を越えて品川に向かった。尾行を振り切るには、一旦江戸を出るのがいいと考えた。

尾行をまくのは簡単だがそれではかえって怪しまれる。

平三郎は益蔵を引きずって品川宿に行き、そこを素通りすると甘酒ろくごうで腰を下ろした。

益蔵と三五郎が相談していると、平三郎が六郷橋を渡って行った。

「この刻限だと川崎宿に泊まりでしょう」

「追う必要はないか？」

「江戸を出るのだから心配なかろう」

二人が橋を渡って行く平三郎を見ている。

「どこかの百姓の隠居が神信心にきたのだろう。きっとお千代さんの思い過ごしだ……」

「そうだな。思い過ごしだな。帰る」

益蔵は六郷橋から浅草まで走って引き返した。

尾行を振り切った平三郎は川崎宿で泊まって、翌朝、川崎大師にお参りして神田明神のお浦の茶屋に戻ってきた。江戸は笠をかぶれないから少々厄介だ。

平三郎が雨太郎一味を探すのはなかなか難しかった。だが、その方がお浦はうれしい。

二月に入ると、藤九郎が川崎湊のお葉を見舞《みま》った。

勘兵衛の墓参の帰りに立ち寄った時より大きくなった腹を抱えていたが、品川宿からお富《とみ》が手伝いに来ている。

「旦那、お葉さんに呼ばれて手伝いにきたんだ」

「そうか、それは助かる」

「もうすぐ臨月だから、産婆が近くでよかったよ」

気心を知るお富ならお葉も安心だろうと思う。お富が気を利かして出て行き藤九郎とお葉の二人だけにした。

「お富さんが良くしてくれるから……」

「感謝だな」

「はい、助かっています」

「これは登勢からだ」

藤九郎が懐から袱紗包みを出した。

「奥方さまから？」

「うむ、お産に使ってくれということだ。三十両入っている」

「そんなにたくさん、申し訳ありません」

「お産のことはわしにはわからん、無事に産んでくれとしか言えん……」

「はい……」

お葉は藤九郎らしい言い方がおかしく、心配ないというようにニッと笑った。藤九郎が来てくれたことがうれしい。お葉は子が生まれるまで来ないだろうと思っていた。

奉行所が忙しいことを知っている。

なんといっても北町奉行の殿さまが、自分の存在を認めてくれたことが一番うれしかった。そうしてくれた藤九郎に感謝している。

剣の達人、青木藤九郎重長《しげなが》の子を堂々と産めるからだ。

惚れぬいたお葉の本懐だ。

藤九郎は泊まらずにお葉の家を出た。

「旦那、お帰りかい？」

「お富、また来る」

「うん、待っているから……」

お葉も外に出て来て藤九郎を見送った。

その頃、北町奉行の勘兵衛を兄の仇《かたき》と狙う浪人がいた。

男は勘兵衛の下城を狙った。

あろうことか下城してきた北町奉行の行列を、呉服橋《ごふくばし》御門外で待ち伏せしたのである。

行列の前に立ち塞がった。

「無礼者ッ！」

先頭にいた文左衛門が刀の柄《つか》を握った。

「米津勘兵衛ッ、兄の仇ッ、尋常《じんじよう》に勝負しろッ！」

「慮外者《りよがいもの》ッ、下がれッ！」

「勘兵衛ッ、逃げるかッ、卑怯者が！」

「文左衛門、引け……」

「お奉行ッ！」

「手を出すな。名を聞こうか？」

「西村小左衛門《にしむらこざえもん》だ！」

「兄の名は？」

「野中又左衛門《のなかまたざえもん》！」

「野中……」

勘兵衛は思い出さなかった。

「顎《あご》に刀傷があった！」

「おう、思い出した……」

勘兵衛がゆっくり馬から降りる。

「お奉行ッ！」

三十人の供廻《まわ》りが勘兵衛を取り巻いた。

「お奉行ッ、それがしが相手いたします！」

「手出し無用だ……」

勘兵衛は二歩、三歩と小左衛門に近づいた。間合いが二間半ほどになる。

「兄の仇とは勘違いもいいところだ。盗賊の手下ゆえ斬り捨てられたのだ。それでも勝負をするか？」

「兄は盗賊の手下などではない！」

「助っ人か、同じことだ」

「黙れッ！」

小左衛門が刀を抜いた。

「愚かな奴《やつ》……」

馬の鞭《むち》を腰に差すと、鯉口《こいぐち》を切ってゆっくり刀を抜いた。

中段に構えて勘兵衛が間合いを詰める。

勘兵衛はこれまで誰にも言わなかったが、勘兵衛が使う剣は奥山神影流《おくやましんかげりゆう》という。この流派は、三河の剣豪奥山休賀斎《きゆうがさい》こと奥山孫次郎《まごじろう》が開いたものだ。甲府《こうふ》に来た上泉伊勢守信綱《かみいずみいせのかみのぶつな》を訪ねて弟子になり、孫次郎の右に出る者なしと言われる剣客になった。

姉川《あねがわ》の戦いで武功を上げ、家康に招かれて七年間も家康の剣術指南役を務めた。柳生石舟斎《やぎゆうせきしゆうさい》が上泉伊勢守と出会う前だ。

奥山孫次郎は家康から公の字を賜り、奥山孫次郎公重《きみしげ》と名乗った。海内無双《かいだいむそう》の兵法家と称《たた》えられた。奥山孫次郎は浜松に道場を開いて住んだ。弟子の数が多かった。

勘兵衛はその孫次郎の弟子だった。

その奥山孫次郎は休賀斎となり、慶長七年（一六〇二）に七十七歳で亡くなった。

勘兵衛の剣は、柳生新陰流の柳生宗矩《むねのり》と同じ、上泉伊勢守の新陰流の流れなのだ。奥山流ともいう。

勘兵衛が間合いを詰めると、小左衛門の剣が上段に上がった。殺気を放ってなかなかの剣だ。

右に回りながら、勘兵衛が小左衛門との間合いを詰める。追い詰められた上段の剣が勘兵衛を襲ってきた。裃《かみしも》をつけたままの戦いだ。

「シャーッ！」

袈裟《けさ》に斬り下げる剣にシャリッと擦り合わせると、勘兵衛はそのまま持ち上げるように弾《はじ》いた。その瞬間、勘兵衛の剛刀が、がら空きになった小左衛門の胴に入った。

左胴から右に横一文字に深々と抜き斬っている。

一瞬の勝負だ。たたらを踏んで小左衛門が踏ん張ろうとしたが、力なく前のめりに顔から地面に突っ込んで転がった。

「お見事……」

文左衛門がつぶやいた。たちまち地面が夥《おびただ》しい血に染まり、もがく間もなく小左衛門は静かに息絶えた。血振りをし懐紙で拭き取ると、勘兵衛は刀を鞘《さや》に戻した。

突然の出来事に、供揃《ともぞろ》えの三十人が呆然《ぼうぜん》としている。

「遺骸を奉行所に運べ、血は洗い流しておくように……」

そう言い残して、勘兵衛が怒ったような厳しい顔で馬に乗った。文左衛門が行列を作らせ歩き出した。騒ぎを聞きつけて、奉行所から青田孫四郎たち十人ばかりが飛び出してくる。

「お奉行ッ！」

「もう終わった。不埒者《ふらちもの》を斬り捨てただけだ。騒ぐな！」

勘兵衛が奉行所に入って馬から降りた。

文左衛門が孫四郎たちにことの成り行きを説明する。道端に出て孫四郎たちが運ばれてくる遺骸を覗き込んだ。顔を知っている者は誰もいない。

「お帰りなさいませ……」

心配顔で喜与とお香が大玄関に勘兵衛を迎えた。

「殿さま……」

「何んでもない。不埒者が行列を遮《さえぎ》っただけだ。心配ない」

「お怪我《けが》はございませぬか？」

「ない……」

勘兵衛は不機嫌だ。たった今、人を斬ったのだから当然である。文左衛門にやらせなかったことを少し悔いていた。なぜ自分で斬ろうと思ったのだろうかと考えている。

この戦いを野次馬に紛れて平三郎が見ていた。

「強い……」

寒気がするほど見事なものだった。

「北町のお奉行は強い！」

「ああ、一瞬で斬り捨てた。あれは鬼だな？」

「さすがだねえ……」

こういうことはたちまち評判になり、夕方には「北町のお奉行が浪人を三人斬ったそうだな？」と尾ひれがつくのだ。

「おれは五人斬ったと聞いたぞ？」

「大勢の浪人どもに囲まれたらしいな？」

「それでも一人で戦ったというからすごいじゃねえか、やはり大江戸の守り神といわれるお奉行さまだねえ……」

あちこちで噂になり、その度に無責任な尾ひれがつくのだ。

そんな噂が誰かの日記などに書き残されると、長い年月の間に呉服橋御門外の戦いなどと本当のことになってしまう。

武勇伝などというものは、十のうち十がそんなものだ。

やがてそんな噂話が芝居三昧《ざんまい》、戯作《げさく》三昧の庶民の文化へと花開くことになる。そんな時が近くまで来ていた。

江戸は武家の城下でもあったが、庶民が力強く生きている町でもあった。武家地が五に対して町人地が一に押し込められた庶民の力が、爆発しようともがく五十年が始まっていた。やがてその力を押さえるのに幕府は苦労することになる。

神田明神のお浦の茶屋に帰ってきた平三郎は興奮してお浦に話した。

「今日、すさまじい斬り合いを見た……」

「どこで？」

平三郎に抱かれてお浦は昔のように幸せだ。こんな日がいつまでも続けばいいと思っている。

「呉服橋御門の堀端で……」

「呉服橋と言えば？」

「そうよ。北町奉行が浪人を斬ったのだ……」

「ほんと？」

けだるそうにしていたお浦が半裸のまま飛び起きた。

「背筋がゾッとした。お前、江戸での仕事はあきらめることだ。一瞬で胴が真っ二つだ」

「嫌だ。斬られるの……」

お浦が両手で耳を塞いだ。そんな怖い話は聞きたくない。

「だからあきらめろ、わしの小判を全部お前にやるからあきらめてくれ、わしはそう長くは生きられねえ、頼むお浦……」

「死んじゃ嫌だ。そんなこと聞きたくないんだもの……」

「仕事をすれば必ず捕まる。北町の奉行は鬼だ。わしは見たんだ、鬼になるところを。あきらめろ……」

「うん……」

お浦が素直にうなずいて平三郎に覆いかぶさっていった。

「いつまでもこうしていたいから……」

「わしなんかでいいのか？」

「好きなんだから、お長《ちょう》が見ているもの……」

お長とは亡くなったお浦の子だ。

「すまないな……」

平三郎がお浦を強く抱きしめた。泣きそうになったお浦には自分にではなく、平三郎が娘のお長に謝っているように聞こえた。

第十三章　花　嫁

二月二十二日、四国の阿波に流罪になっていた勘兵衛の従弟《いとこ》、十六神将常春の息子米津清右衛門《せいえもん》正勝が斬罪に処せられた。

同時に弟の春親《はるちか》も、士籍から削られる処罰を受けてしまう。

正勝はあまりに大久保長安と親しかった。

大久保一族に対する本多正信と正純親子の恨みは深く、政敵として徹底的に潰《つぶ》しにかけたのである。大久保家は見る影もなく衰退した。

大久保長安の七人の息子はすべて殺され、親しかった米津正勝も殺された。改易、斬刑、所領没収、罷免、閉門など、多くの大名や旗本が粛清された。

だが、天網恢恢疎《てんもうかいかいそ》にして漏《も》らさずの言葉通り、この後、大久保家が復活、米津家も勘兵衛の嫡男田盛《ちゃくなんただもり》が大名に昇進する。逆に正信の本多家は、息子の正純が将軍を暗殺しようとした罪で断絶し復活することはない。

この時はまだ、本多正純は老中の座にあった。

三月に入って勘兵衛が登城すると、土井利勝の部屋に呼ばれた。珍しく利勝は一人でポツンと座っていた。

「内々のことだ……」

利勝は勘兵衛を傍に呼んだ。

「奉行にはつらい話だが、四国阿波の話だ……」

「清右衛門の処分のことにございますか？」

「そうだ。先月二十二日、斬罪に処せられた。経緯はわかっているはずだが？」

「本多さまが？」

「うむ、だが、これは将軍さまの裁可である。弟の春親は士籍から消える。十六神将の米津宗家はなくなるということだ。無念だろうが耐えてもらいたい」

「はッ！」

「大久保長安のことは権現さまが決められたことだ。それに連座したのだから致し方ない。本多家と大久保家は犬猿だった。だが、このことはそう易々《やすやす》とは決まらぬ。悔しいだろうがここは辛抱してくれ……」

土井利勝は老中の正純の名は出さなかったが、正信、正純親子が原因であると暗に語っていた。勘兵衛もそれはわかっている。

本多正純ではなく土井利勝から伝えられたことがよかった。正純なら斬りつけていたかもしれないのだ。

北町奉行という立場上、何も言わずにきたが、勘兵衛も大久保長安とは親しかった。家康は小姓の頃から気に入りの勘兵衛を不問にしたのである。

できたばかりの江戸の城下を任せられる貴重な人材であるとわかっていた。そんな家康の考えを、本多正信も正純も土井利勝も将軍秀忠までも充分にわかっている。

江戸城下の経営に失敗すれば、幕府は瓦解《がかい》しかねない。幕府は誕生して十六年しか経《た》っていないのだ。

千年の泰平をと家康は祈った城下である。

土井利勝はすべてわかっていて勘兵衛を説得した。

「ご配慮を賜《たまわ》り、誠に有り難く、感謝申し上げまする」

「幕府にとって今は大切な時でな。混乱は望まぬ。ところで、浪人を何人か斬ったそうだな?」

利勝が話柄を変えた。

「一人でございます」

「わしのところには五人と聞こえてきたが？」

「尾ひれのついた噂にございます。兄の仇と名乗りましたので、呉服橋御門外で立ち合いましてございます」

「兄の仇？」

「盗賊の手助けをした浪人の弟にございます」

「逆恨みだな？」

「はい、覚悟していることでございます」

「気をつけてくれ、幕府の威信にかかわることだからな」

「はッ、充分に警戒いたします」

「それにしても江戸は浪人が多いと聞いている」

「これからは、生まれながらの浪人という者が増えてまいります」

「江戸で生まれた浪人ということか？」

「はい、仕官が難しいので、そのようになるかと思っております」

「確かに、江戸で生まれた浪人か……」

武家はなかなか刀を捨てられない。生活に窮して刀が模造になっても武士の身分だけは捨てられない。刀は武士の魂などと言っていられるのは食べられるうちだ。

やがて、武士は食わねど高楊枝《たかようじ》などと揶揄《やゆ》される。

食わねば死ぬ。刀は質草《しちぐさ》になってしまう。

発展途上の江戸は選《え》り好みさえしなければ、仕事はあるが人口が増えてくるとその仕事すら取り合いになる。

「この頃は、口入れ屋と申す者が出てまいりました」

「口入れ屋？」

「身元の不確かな者を雇うところはありません。そのような者から稼ぎ賃の一部を身元保証料として取ります。仕事の斡旋《あっせん》をするのですが、人さらいとか人買いなどと良くない評判もございます」

「仕事をか？」

「真面目な口入れ屋は、娘の嫁ぎ先の斡旋なども致しますが、逆に百姓娘を騙《だま》して吉原や岡場所に売りさばく不届き者もおります。そのような娘は親元に帰しますという吉原とは約束がありますので、厳しく取り締まっております。問題は近頃増えてまいりました岡場所の方にございます」

「岡場所とは例の？」

「はい、無許可でできる、吉原と似たようなものにございます」

「それは禁止にできないのか？」

「禁止にすれば見えないところに潜り込みます。かえって取り締まりができなくなります」

「なるほど……」

「江戸は男女の偏《かたよ》りがひどく、男が五、六人に女が一人などと言われております」

「そんなにか？」

「はい、岡場所ができるのは、そのような事情が原因と考えられます。よって岡場所を禁止にすれば、取り締まりが難しくなるだけでなく、世相が殺伐《さつばつ》として乱暴狼藉《ろうぜき》が頻発する可能性も考えられます」

「男から女を取り上げればそうなるか？」

「御意……」

「女がそんなに少ないとは、増やす方法はないのか？」

「色々思案いたしましたが、これといって良い策がございません。吉原ばかりが大きくなっても困りますので……」

「女が増えないか、こういうことは百年の患いになるぞ……」

土井利勝が想像したように、百年が二百年の患《わずら》いになってしまう。女が増えず、江戸で女が一番多い時でも、男が二に対して女が一でしかなかった。嫁をもてない男が急増する。

吉原や岡場所だけでなく、やがて夜鷹《よたか》と呼ばれる夜歩きする者、道端で男を呼び止め、蕎麦《そば》一杯ほどの値で春を鬻《ひさ》ぐ女たちが現れる。

家康も悩んだ頭の痛い問題なのだ。

土井利勝はもちろん駿府城下の二丁町のことも、吉原の経緯もすべて知っていたが、勘兵衛の話で打つ手がないことも理解できた。

「騙して連れて来た者は、吉原だけでなく岡場所でも親元に帰すようにしないとならぬな？」

「はい、そのように考えております」

「益々女が少なくなるか……」

「なんとか騒動の起きないようにいたします」

「そうだな……」

　勘兵衛がこんな話のできるのは土井利勝だけである。利勝は勘兵衛の話をよく聞いた。城中の奥深くにいると市井《しせい》のことがわからなくなる。

　土井利勝にとって勘兵衛は市井に開いた大きな窓なのだ。意見をいう目でもある。

　勘兵衛の話はいつもおもしろかった。

「わしも考えてみるが、こればかりは当てにならぬな……」

　そういって利勝がにやりと笑った。こういうことは駄目だと自分でわかっているのだ。

　勘兵衛が下城すると鬼屋長五郎《ちょうごろう》と息子の万蔵が現れた。

「わざわざすまぬな……」

　勘兵衛が二人を招いたのだ。

「お久しぶりにございます」

「二人とも元気なようだな？」

「お陰さまで達者にしております」

「万蔵、仕事の方は忙しいか？」

「はい、三州瓦《さんしゅうがわら》をのせてくださるお屋敷が多いので、暇なくやっております」

「そうか、ところで長五郎、後添《のちぞ》えを持つ気はないか？」

「後添え？」

鬼瓦作りの名人長五郎が驚いて勘兵衛をにらんだ。

「万蔵に仕事を任せて後二十年、余生を楽しんでみないか、世の中も捨てたものではないぞ。ちょうどいい女がいるのだ」

「余生でございますか？」

「そなたの存じおりの者だ。いい女だぞ」

喜与が傍でニコニコしている。そこに裏の長屋からお滝《たき》が現れた。

「お滝、そなたの父に嫁を勧めているところだ」

「お嫁さん？」

「うむ、長五郎は乗り気のようだ」

「殿さま……」

「嫌なのか、嫁になるのはお駒だが？」

「お、お駒さんが……」

急に長五郎の態度が変わった。お駒のことを長五郎はよく知っている。鬼屋の職人だった幾松とお駒が時々顔を出すからだ。

鬼屋の職人や鳶職《とび》、屋根葺《ふ》きなどは若い衆が多く、その若い衆は密偵のお駒に色々な話をおもしろくしてくれる。

「お駒さんは殿さまのご用をしておられるのでは？」

「そうだ。よく働いてくれたから、幸せにしてやりたいのだ。どうだ」

「お駒さんか……」

長五郎がお滝を見る。娘に反対されると思った。

「殿さま、本当にお駒さんでいいんですか？」

伝法《でんぽう》だったお滝が信じられない顔で聞く。

「いいのだ。わしが命令すれば、お駒に否《いな》やはない」

「兄さん、いいんじゃないの？」

「ああ、そうだな。お奉行さま、こんな使い古しの親父《おやじ》でお駒さんはいいのですか？」

「万蔵、長五郎はまだ若い。苦労してきたんだ。お前が後をしっかりやれ……」

「はい、あのお駒さんが母さんねえ……」

お駒は万蔵より少し若い。娘のようなお駒を後添えにと言われて長五郎は少々混乱している。

「親父、お駒さんなら願ってもないんじゃねえか？」

「そりゃそうだがお前……」

「殿さま、お駒さんをお願いいたします」

「お滝……」

長五郎は娘に押し切られそうだ。こういうことには気の早いお滝だ。

「お駒さんなら心配ないから……」

「長五郎、これは北町奉行米津勘兵衛の願いでもあり命令でもある」

「はッ……」

「お奉行さま、謹《つつし》んでご命令に従います」

万蔵が長五郎に代わって勘兵衛に挨拶した。

「よし、万蔵、婚礼は明日だ！」

「あ、明日……」

長五郎が急に狼狽《うろた》える。

「いいな。万蔵……」

「有り難く存じます」

「お滝、お志乃《しの》とお登勢と一緒に鬼屋に行け、鬼屋には女手がない。お京《きよう》だけだ」

「はい……」

「半左衛門、お駒はこの奉行所から嫁がせる。すぐ直助と正蔵に相談するように……」

「畏《かしこ》まりました。早速に支度を！」

「万蔵、戻って支度をいたせ……」

「はいッ！」

「お奉行さま……」

「長五郎、決まったことだ。ぐずぐずいうな」

「はい……」

長五郎はうれしいがお駒があまりに若く不安が先なのだ。

「長五郎、一緒になればなんとかなるものだ」

「しかし……」

「往生際《おうじょうぎわ》が悪いぞ。お駒を頼む……」

翌日の婚礼に向かって一斉《いっせい》に動き出した。善は急げというのが勘兵衛の考えだ。夕刻に、直助とお駒が奉行所に飛び込んできた。

「お駒、これはわしの命令だ。何も言わず鬼屋長五郎の嫁になれ、お前が幸せになるただ一つの道だ」

「お奉行さま……」

お駒はびっくりしてひっくり返りそうになる。

「わしがお前にしてやれることだ。長五郎に可愛《かわい》がってもらえ……」

「はい、勿体《もったい》ないお話で……」

「お駒さん、おめでとう」

「奥方さま、ありがとうございます」

「殿さまは奉行所から嫁いでもらうそうですから、今夜、ここで支度をしないといけませんね……」

「お奉行所から？」

「あなたは殿さまの養女です」

お駒は両手で顔を覆った。それでも泣きたい気持ちを我慢した。大泣きしたらひどい顔になってしまう。直助が泣きそうな顔だ。

鬼屋は若い衆を百人も抱える大店なのだ。三河、駿河、江戸と多くの店を持っている。

長五郎はその大親分だ。

鬼屋の身代は万石の大名並みである。

勘兵衛は男運のないお駒の運を変えるため、鬼も手出しのできない鬼屋に嫁がせる大技を使った。奉行所は急に大事件でも起きたような大騒ぎになった。

奉行所にも女手がない。

浅草から正蔵が小梢《こずえ》、お昌《まさ》、お千代を連れて現れた。

溜池《ためいけ》の米津家からも、文左衛門の父の彦野軍大夫《ひこのぐんだゆう》が人を連れて手伝いに来た。

こういうことに詳しい大場雪之丞の母親の幸乃《ゆきの》が八丁堀から呼ばれた。

翌日、夕刻になると、お滝の花嫁衣装を着たお駒が、勘兵衛と喜与に挨拶して奉行所の大玄関に現れた。美貌のお駒の一世一代の晴れ姿だ。

玄関には勘兵衛の馬が用意された。

花嫁行列の先頭には、米津家の棕梠《しゅろ》家紋の提灯《ちょうちん》が出る。

先導は望月宇三郎と藤九郎、文左衛門の三剣士が揃った。奉行所の御用提灯が出てきた。奉行所の密偵が嫁ぐ花嫁行列だ。厳重に警備された。

お駒を迎える鬼屋は浮足立っている。

「お駒さんが親分の嫁さんとは驚いたな？」

「ああ、北町のお奉行さまの命令だそうだ……」

「お駒さんか……」

「親分にピッタリじゃねえか？」

「うん、若旦那とお京の姉さんも、お駒さんならやり易いんじゃねえか？」

「お駒さんのような嫁ならおれも欲しいや……」

「馬鹿野郎、おめえにはお多福がいるじゃねえか！」

「そうか、そんなのがいたな……」

亡くなったお駒の若い夫、仙太郎《せんたろう》は鬼屋の職人だった。そんなことから若い衆たちはお駒とは馴染みなのだ。

誰もがお駒を大歓迎だった。中には親分が早死にしないかと思う者もいる。

この花嫁は勘兵衛と喜与が考え抜いたお駒を幸せにする唯一の策だった。

お駒が鬼屋に到着すると騒ぎが最高潮に達した。おろおろしていた長五郎が緊張して借りてきた猫のようになる。

若い衆には鬼より恐ろしい鬼屋の親分が、若く美しいお駒の傍におとなしく座る。

何んとも釣り合いの取れない夫婦だ。

次の日、勘兵衛が城から下がると、奉行所に鬼屋長五郎と妻のお駒が来ていた。

勘兵衛が着替えて座ると長五郎が挨拶する。

「この度は、お礼の申し上げようもないほど有り難く、夫婦そろってご挨拶に上がりましてございます」

「お駒を気に入ったか？」

「気に入ったなどと言うのも勿体ないほどでございます」

「そうか、そんなにいいか？」

勘兵衛の言葉にお駒が真っ赤になった。

大親分の長五郎が一晩で腑抜《ふぬ》けになっている。終始ニコニコと何がうれしいのか、締まりがないこと夥《おびただ》しい。首筋が真っ赤なお駒はうつむいている。

勘兵衛はまずいのではないかと思った。

こんなことでは鬼屋長五郎が早死にしてしまいそうだ。

喜与も気づいたようで、困った顔で勘兵衛を見た。一緒にしてしまったのだからもうどうにもならない。

第十四章　孫六兼元《まごろくかねもと》

神田明神のお浦の掛茶屋にいる平三郎は、江戸に来て一ヶ月が過ぎている。

雨太郎もお絹の手掛かりもつかめなかった。

「お浦、ずいぶん長くなった。やはり雨太郎さんもお絹さんも江戸にはいないようだ」

「高遠に戻るの？」

「うむ、一旦、戻るしかないだろう」

「また江戸に出てきますか？」

「お頭しだいだな」

「お願い、あたしを助けると思って……」

「お前……」

「抱かれたいのはとっつぁんだけなの、お長を思い出すから……」

お浦は盗みの病が出ないように苦しんでいた。平三郎と一緒のこの一ケ月は夜歩きをしなかったし、仕事をしようという気にもならなかった。

「お願いだから、ね？」

「わかった。戻って来よう」

「うん……」

その日、江戸は最後だと思って、平三郎は浅草寺詣《まい》りに出かけた。三度目になる。

一度目は尾行されて、川崎宿まで行って追ってきた益蔵を振り切ったが、二度目もお千代の茶屋で一服つけた。二度目はもう尾行をしなかった。

三度目も変わりなくお詣りをしてから、お千代の茶屋に寄った。

「いらっしゃい！」

「茶をお願いします」

「毎度、ありがとうございます」

「覚えてくだすったかね？」

「ええ、お客さまはどちらからですか？」

「川崎宿の先からですよ」

「まあ、遠いところから……」

お千代がとぼけた。

「江戸に出てくるのがただ一つの楽しみでねえ……」

平三郎はお千代が奉行所の関係者だと正体を知っている。あの日、ここから尾行がついたのだ。銀煙管《ぎんギセル》を抜いて煙草《たばこ》を詰めると煙草盆から火を吸いつけた。

煙草のみは決まりでもあるかのように誰でもプカーッとうまそうに吸う。

食後の一服など実際にうまいのだ。

茶が運ばれてくる。

「喉《のど》が乾いた。茶をおくれ……」

「いらっしゃい！」

平三郎の縁台の隣に若い男が座った。平三郎が知っている男だ。フウフウいいながら忙しそうに茶を飲むと、男が銭を置いて縁台を立った。

「女将《おかみ》さん、ここに置きますよ」

「またどうぞ……」

平三郎も縁台に銭を置くと男の後を追った。男は雨太郎の子分で利八《りはち》という。

半町ほど離れてついて行く。二人に尾行はついていない。

上野に向かう道で、利八が道端に立ち止まり林の中に消えた。

平三郎が同じ場所に行くと、大木の後ろに利八が立って辺りを警戒している。

「小頭……」

「利八、雨太郎さんとお絹さんはどこだ？」

「二人ともまだ江戸にはいねえ……」

「お前と誰が江戸にいる？」

「亀吉《かめきち》兄いだ……」

「隠れ家は見つかったか？」

「まだ……」

「金杉川の隠れ家は使わないのか？」

「雨太郎お頭は、お頭の使ったところは使わねえ……」

「そうか、江戸で仕事をするんだな？」

「うん……」

「どうしたんだ利八、お前らしくない。しょぼくれてんじゃねえぞ、しっかりしろいッ！」

「小頭……」

利八が泣きそうな顔で平三郎を見る。

「足を洗いてえ……」

「仕事が嫌になったか？」

「うん、お頭のところに戻りてえ……」

「お頭は、雨太郎さんと丑松さんに何もかも譲られて身を引いたんだ。わしも同じだ」

「丑松お頭のところでもいい……」

「丑松さんのところには四人しかいないぞ。お頭が好きな方に行けと言った時、お前は雨太郎さんを選んだのだろう？」

「そうなんだけど、荒っぽい仕事は嫌だ……」

「荒っぽい仕事とは殺しか？」

利八が顔を歪《ゆが》めて苦しそうにうなずいた。

「やはりそうか、雨太郎さんの仕事が変わったと聞こえてきたが、本当だったようだな？」

「小頭、殺しは嫌だ……」

「手にかけたのか？」

「おれは手を出していねえ、殺しは浪人だ……」

「浪人？」

「お頭は浪人を使わなかったが、雨太郎お頭の傍には三人の浪人がいる。これがひどく凶暴なんだ」

「峰造《みねぞう》は何も言わないのか？」

「殺しは駄目だと何度も雨太郎お頭に言ったんだ。だが、聞く耳持たず、峰造小頭は浪人に殺されちまった……」

「なんだと……」

「浪人に斬り殺されたんだ。それで誰も何も言えなくなった……」

平三郎は息を呑《の》んだ。

峰造は朝太郎が息子のために監視役としてつけた小頭だ。平三郎よりだいぶ若いがなかなかの切れ者だった。それを殺したとはひどい話だ。

「小頭、雨太郎お頭に会いに来たのなら会わない方がいい。もう、お頭も小頭の言うことも聞かねえ、もう何を言っても駄目だ……」

「子分は何人だ？」

「十七、八人はいると思う」

「そんなにか?」

「それを食わせるのは半端じゃねえ、今はお頭からもらった小判をみんな持っているが、派手に遊んだ連中は心細くなっている。そこにあの痩せ浪人たちだ。たちまち荒っぽい仕事が始まったんだ」

「お絹さんは?」

「雨太郎お頭に反対して殺されないのはお絹姐《あね》さんだけだ。実の妹だから浪人も手出しはできねえ……」

「雨太郎さんはどこにいる?」

「駄目だよ小頭、会いに行ったら間違いなく殺される。あの浪人たちは恐ろしい。腕もいいんだ。強いよ……」

「お頭が心配しておられるんだ」

「駄目、駄目、丑松さんを殺そうとしているくらいだから……」

「なんだと?」

利八がまずいことを言ったというように顔を歪める。

「弟を殺すというのか?」

「腹違いだから弟じゃねえと……」

「馬鹿なことを！」

「殺されねえのはお絹姐さんだけだ。お頭だって会えば殺される」

「くそッ！」

「お頭とお留さんと丑松さんを恨んでいるんだ。もう駄目だ。こうなるとどうにもならねえ……」

「亀吉はどうなんだ？」

「お頭の子分だった者たちは、殺しは嫌だと思っている。だがもう抜けられねえんだ……」

「抜ければ殺されるか？」

「うん、どこまでも追われて、みな殺しにされるに決まっている。逃げ切れねえと思う……」

「そういうことか……」

平三郎は迂闊《うかつ》なことはできないと思った。利八の言うことは、ほぼ間違いないのだろう。盗賊一味が仕事ぶりを変えることはあることだ。

ほとんどの場合、安易な荒っぽい仕事にのめり込んでいく。賢くないやり方だが手っ取り早いから手を出す。数日で決着がつく仕事だから残忍な奴らは好むのだが、一度やってしまうとその手口から抜けられなくなる。

それを朝太郎は外道《げどう》と言って決して手を染めなかった。

「お前とのつなぎは？」

「浅草のあの茶屋でいいかと……」

「十八日が観音さまの縁日だ。いいか？」

「うん、昼頃で？」

「いいだろう。気をつけるんだぞ」

「へい……」

平三郎が先に道へ戻って上野に向かった。しばらく見送ってから利八が道から消えた。利八が嘘を言う男ではないとわかっているが平三郎は警戒した。

不忍池の周りをブラブラ一刻ほどうろついて、誰もつけていないことを確認してから、神田明神のお浦の茶店に戻った。

相変わらず客が多く、いつものように裏口からそっと入る。

「早かったですね？」

「うむ、利八と会った」

「利八……」

そういうと平三郎が二階に上がって行った。話が難しいことになったと思う。朝太郎が知れば間違いなく雨太郎を殺しに江戸に出てくる。

それだけはさせられない。

親子で殺し合うことなどあってはならないことだ。

その夜、店を閉めるとお浦と小冬が夕餉を持って二階に上がってきた。平三郎が来てからお浦は人が変わって、夜歩きもしないし酒も飲まなくなった。人は好きな人ができると変わる。それも昔なじんだ男となれば格別だ。

お浦は小冬が驚くほど思いっきり変わった。夕餉が済むと平三郎は浅草で出会った利八との話をすべてお浦に聞かせた。

「お絹さんが可哀そう……」

「お頭のところに残りたかったのだろうが、兄の雨太郎さんが心配でついて行ったのだ」

「足を洗えばよかったのに？」

「兄に誘われれば断れないということだ」

「そうね……」

お浦にはお絹の苦しさがわかる。

「これで伊那谷に当分戻れなくなった」

「うん……」

うれしいお浦がニッと片目をつぶって笑った。平三郎が江戸に残るのだからこんなうれしいことはない。

「そのお絹さんと、殺しをしたくない奴らを助け出したい……」

「そんなこと危ないから止めて？」

「だが、江戸でそんな荒っぽい仕事をすれば、鬼の勘兵衛に捕まってみな殺される。その前に何んとか助けたい」

「駄目だよ。殺されちゃう。そんなこと考えないで、お願い……」

「お浦、ここに四百両ある。これをお前にやるから、お長の供養をしてくれるか？」

「嫌だ。死んじゃ嫌だ……」

「死にゃあしねえ、それよりもう一人、娘を雇ってお前は外に出るな。一味に見つかると何をされるかわからねえ、お頭からもらった小判を使い果たした馬鹿もいるそうだ」

「そう……」

「仲間の小判を狙う奴もいるはずだ」

「うん、すぐ雇います」

このところ、平三郎も若返って毎晩お浦を抱いた。放り出された小冬はいつも疲れて一人で寝てしまう。

翌日、平三郎は日本橋の刀剣商伊勢屋嘉兵衛《いせやかへえ》に行った。

さすがに江戸の刀剣商で、伊勢屋には名刀、珍品がなん振りも揃っている。だが、気に入った刀がなかった。

「どのようなものをお探しでしょうか？」

「以前は二代目兼定《かねさだ》を所持しておりました。わけあって手放しましたが……」

「関物《せきもの》でございますか、いいのがひと振り入っております。兼定ではございませんが、二代目兼元《かねもと》にございます」

「関の孫六《まごろく》……」

「はい、なかなか出回らないひと振りにございます」

「拝見できますか？」

「奥へどうぞ……」

伊勢屋嘉兵衛は町人姿の老人が、二代目兼定を所持していたと聞いて興味を持った。奥に通された平三郎に茶が出た。上客と見たのだ。

「誠に失礼ですが、ご老人はお武家だったことがおありなのではございませんか?」

「はい、若い頃にございます」

「よろしければお家を?」

「武田家です」

平三郎はそう答えたが少し違う。正しくは信濃安曇野《あずみの》の森城《もりじょう》で、仁科五郎信盛の近習《きんじゅ》だった。信盛が高遠城に移った時に従って伊那谷に入った。

仁科家というべきだが、そう言わずに武田家と言ったのは、五郎信盛の嫡男勝五郎信基《のぶもと》が、信玄の家臣だった大久保長安の取り成しで、家康と対面が許され三千百石の旗本に取り立てられた。

仁科家を名乗ることはできない。

平三郎は古谷《ふるや》平三郎元忠《もとただ》という武家だった。

仁科五郎が高遠城に入るよう兄の武田勝頼から命じられた時、五郎盛信から敵将信長に敬意を払って五郎信盛と信の字を上に変えた。

平三郎は高遠城の戦いで重傷を負って倒れ、戦いに敗れると近習は信盛を慕って殉死《じゅんし》したが、傷を負った平三郎は後を追えなかった。死に損なったのである。

そこを朝太郎に助けられ、一緒に五郎信盛の埋葬された五郎山の、墓守をしようという朝太郎の人柄に惚れて盗賊に身を落とした。

「武田さまですか……」

伊勢屋嘉兵衛は平三郎の前にひと振りの太刀を置いた。派手さのない落ち着いたよい拵《こしら》えの太刀だった。

「拝見いたします」

平三郎が刀を抜くと刀身を見て鞘《さや》に収めた。

「この拵えは？」

「この刀ができた時の拵えのままだと聞きました。銘《めい》をご覧になりますか？」

「拝見いたします」

伊勢屋嘉兵衛が柄《つか》をはずして平三郎に銘を見せた。まヽこヽ六ヽと仮名銘だった。孫六とは屋号である。

孫六兼元は大業物《おおわざもの》で斬れる。

前田家《まえだけ》の二念仏《にねんぶつ》兼元は、斬られてから念仏を二度唱えてから倒れたというほど、斬られたこともわからないほど斬れたという。

「値は？」

「三百五十両を頂戴《ちょうだい》いたしたく存じます」

「わかりました」

平三郎が値切ることなく、抱えてきた包みから三百五十両を出して即金で払った。

「脇差はいかがいたしましょうか？」

「脇差は結構でございます」

刀袋に入れて孫六を持つと、平三郎は伊勢屋嘉兵衛を出た。高価な買い物だ。朝太郎一味は脇差や匕首を持たなかった。刃物を持つと使いたくなるからだ。平三郎は雨太郎の傍にいる浪人と戦う覚悟だった。

お浦が反対することはわかっている。

神田明神の茶屋に戻ると案《あん》の定《じょう》、刀袋を見たお浦の顔色が変わった。

「そんなものどうするの？」

「何んでもない……」

平三郎が二階に上がると追ってきた。

「刀なんか！」

怒った顔のお浦だ。

「万一のためだ」

「その刀を使うのですか?」

お浦はお長ができた時、平三郎が若い頃は武家だったと知った。

「お願いだから、刀なんか持たないで……」

「浪人どもに襲われた時の用心だ。心配するな……」

「もう、刀なんか買って……」

怒ったままお浦がブツブツ言いながら階下に下りて行った。平三郎も今さら刀など抜きたくないが、いざという時は戦わなければならない。

易々と殺されるわけにいかないと思う。

翌日から平三郎は茶屋の二階から出なくなった。朝早くと陽《ひ》が暮れてから神田明神にお詣りに行くだけだ。ついでに、神社の周りを歩いてくる。

気が向くと階下に下りてお浦の手伝いをした。

そのうち小冬の知り合いの娘が通いで手伝いに来るようになった。

第十五章　悪い子

三月十八日は利八と約束した日だ。

昼前に茶屋を出た平三郎は、上野から浅草に向かい、浅草寺にお詣りして戻ると、いつものようにお千代の茶店に立ち寄った。

「いらっしゃい」

「女将さん、いつものように茶をくださいな」

「はい、承知しました」

「今日は人出が多いですな？」

「ええ、観音さまの縁日ですから……」

ちょうど昼頃で、すぐ利八が現れて縁台に座る。利八は前と同じように茶を飲むと、先に立って浅草寺の境内から出た。

その後を平三郎が追うと大川《おおかわ》の傍の茶屋の前で立ち止まった。

尾行はない。

その茶屋は近頃、男女の逢引《あいびき》のために現れた待合茶屋だ。部屋を貸す茶屋のことで、上方では色茶屋などと言われるようになる。

暖簾《のれん》をくぐると、もう利八はいなかった。

「どうぞ、こちらへ……」

女が奥の部屋に平三郎を案内する。

「お連れさまがお見えになりました」

「はい……」

女の声だ。一瞬、部屋が違うのではないかと思ったが、襖《ふすま》が開くとそこにはお絹が座っていた。

「おじさん！」

「お絹さん……」

平三郎は部屋に入ると「しばらく誰も近づけないでくれ」といい、「はい」と答えて女が襖を閉めた。その頃、利八は見張りについていた。

「おじさん、会いたかった……」

「いつ、江戸に？」

「一昨日《おととい》なの……」

「雨太郎さんは？」

「わからないの、まだ、江戸には入っていないと思うけど？」

お絹は子分二人を連れて、先に江戸に入ってきた。

「どこにお泊まりで？」

「増上寺《ぞうじょうじ》前の旅籠だけど、金杉川の隠れ家を使おうかと思っています」

「それでは江戸で仕事を？」

「それなんだけど……」

お絹の顔が苦しそうに曇った。

「兄は変わってしまって……」

「聞いています。良くない浪人が傍にいるとか？」

「兄は雇っているつもりだけど、あの浪人たちに利用されているのに気づいていないの……」

「峰造が死んだとか？」

「そう、兄を諫《いさ》めたら浪人に斬られてしまった。みんな怖がって……」

お絹が泣きそうな顔になる。

「おとっつぁんは元気?」

「はい、お頭はとても元気ですが、お絹さんを心配しています」

「会いたいけど行けないの……」

「わかっています。それでみんなはいつ頃、江戸に揃うのかな?」

「今月の末ぐらいだと思うけど、おじさん、兄に会いに来ては駄目だから。あの浪人たちに殺されてしまう」

二人は額を寄せてひそひそと話す。

お絹は日本橋の材木問屋木曽屋忠左衛門に気に入られた女だけあって、可愛らしく話し方もやさしく気品がある。朝太郎の最初の妻によく似ていた。

母親はお絹を産んで一年ほどで亡くなったから顔を知らない。それだけに同母の雨太郎と仲がいいのだ。

「兄は前のようには戻れないと思う。おじさん、絶対駄目だからね。会って説得しようとしたら必ず殺される。峰造小頭がそうだったの……」

「お絹さんとお頭の子分だった者たちだけでも助けたいのだが、なにか良い方法はないだろうか?」

「おじさん、もう駄目だ。おとっつぁんの子分たちも人を殺してから変わってしまった。あたしに近づいてくる人たちだけ、気持ちが変わっていないのは……」

「その者たちだけでも助けたい」

「駄目だよおじさん、そんなことを見逃す浪人たちじゃないから……」

「それでも何か手立てを考えないとな」

「兄に会いに来ちゃ駄目だからね……」

「わかりました。つなぎは利八かな？」

「亀吉も大丈夫です」

「承知、八の日にあの茶屋で昼頃ということでどうです？」

「わかりました。おじさん、お浦ちゃんは？」

「探したが江戸にはいないようだ」

平三郎はお絹に嘘を言った。お浦の茶屋を誰にも知られたくない。

「そう、高遠かしら？」

「お絹さん、くれぐれもその浪人たちに気をつけることだ。高遠では、お頭が心配して待っておられる」

「はい……」

「それじゃ……」

「あたしも帰ります」

「それでは先に出てください。わしは四半刻ほど後に出ます。尾行されないように後ろに気をつけて……」

「おじさん、また会いたい」

「はい、またここで、出歩く時は、くれぐれも後をつけられないように！」

「うん、気をつけます」

お絹が出て行くと、茶屋の女が入ってきた。

「茶をもらおうか？」

「お酒もありますけど……」

「一人で飲んでも酒はおいしくあるまい？」

「あたしがお相手しますが？」

「ほう、そんなことまでするのか、有り難いが酒は今度にしよう。酒は飲まないが、少し話し相手をしてくれるか？」

「はい、それではお茶を持ってまいります」

女が出て行くと窓を開けた。大川から冷たい風が吹き込んできた。

「ここは夏がいいな……」

川を眺めていると、女が茶を持って戻ってきた。

「寒くありませんか？」

「この季節は少し寒いな」

平三郎が女を振り向いた。

「ここから舟で日本橋まで行けるか？」

「ええ、品川でも川崎でもどこにでも、舟ですとずいぶん速いそうです」

「そうか……」

窓を閉めると席に戻った。

「こういう茶屋は初めてだが？」

「ここは浅草ですからなんでも早いのです。逢引茶屋などという人もおります」

「逢引茶屋か……」

「こういうところをお使いになるお客さまが結構いるんですよ」

「そうか、それでお姉さんも？」

「ええ、内緒ですけど、お客さまに望まれれば……」

女が立って行って襖を開くと、隣の部屋は寝所になっていた。

「ここを少し開けておいたのですが、さっきの方がここを閉められたようです」

「なるほど、そういう仕掛けですか。色々考える人がいるものだね」

「ええ、男と女の秘めごとですから……」

女が平三郎に流し目で小さく微笑んだ。

「いかがです？」

「そうだね。またの時にしよう。姉さんの名は？」

「おもよです」

「おもよさんか、覚えておきましょう」

平三郎は茶を二杯飲んでのどを潤した。お浦の茶の方が美味いと思う。

「浅草とはおもしろいところだね」

「ええ、人の集まるところですから色々と……」

おもよは気さくな女で、平三郎はつい四半刻を過ぎて話し込んだ。

「おもよさん、これでいいかな？」

豆板銀をおもよに握らせる。銀玉ともいう。

「充分でございます」

「釣りはお前さんが取っておきなさい」

「すみません」

銀は秤量《しょうりょう》で使う貨幣だから、こういう使い方になることが多い。庶民は銀貨、金貨を使うことがほとんどなく、五文、十文の銭で充分だった。

この頃は、家康が残した六千五百万両の黄金を幕府はがっちり握っていた。それを、間もなく将軍になる三代家光が、猛烈な勢いで浪費することになる。

徳川家と戦えそうな大名は、奥州《おうしゅう》の伊達政宗《だてまさむね》ぐらいで、西国の大名などはおとなしいものだった。

家光は軍資金を必要とせず、日光東照宮《にっこうとうしょうぐう》のような神社仏閣の創建や修理改築に莫大《ばくだい》な金を使う。

だが、その黄金は無尽蔵ではない。

家光のお陰で幕府はたちまち財政が苦しくなり、八代将軍吉宗《よしむね》は大改革や贅沢《ぜいたく》を禁止するようになる。だが、武家も庶民も一度覚えた贅沢を抑えることは難しかった。

この頃は、家康の黄金がそっくり残っていた時期で、幕府が最も豊かで金銀貨幣の質が最も良い時期だった。

平三郎は茶屋を出ると周囲を見廻し、尾行のないことを確認して神田明神に向かった。

お浦は平三郎が出歩くと帰ってくるまで心配でならない。顔を見るとホッとする。

「お帰りなさい」

「お絹さんと会ったよ」

「えッ、お絹ちゃん？」

「うむ、元気だった……」

平三郎が二階に上がるとお浦が追ってくる。

「大丈夫なの、お絹さんと会ったりして？」

すっかり女房気分のお浦は、平三郎のことが心配でならない。好きで好きでたまらないのだから当然といえば当然だ。

「心配するな。お絹さんはお前に会いたがっていたが、江戸にはいないと言っておいた」

「そう、会いたいね。変わっていた？」

「いや、何も変わっていない。お頭が可愛がった、ただ一人の娘だからな。兄の雨太郎さんが変わってしまったと嘆いていた」

「やはり、殺しをするというのは本当なんだね？」

「残念だがそういうことだ」

「そんな雨太郎さんなら会っちゃ駄目だからね……」

「お絹さんもそう言っていた。雨太郎さんの傍には質《たち》の良くない浪人がいると
な」

「お絹さんもつらいねえ、逃げたいだろうに……」

「そこが兄妹だから難しいところだ」

平三郎はお絹とお絹を慕う数人の子分だけでも助けたいと思っている。今となってはもうそれだけでいい。殺しをする雨太郎を改心させることは無理だとわかった。

お浦は忙しくすぐ階下に下りて行った。

女三人で茶屋は切り盛りされている。近頃の客は贅沢で「何か小腹に入るものでもあるといいんだがね」などと言う。

「お団子《だんご》ですか？」

小冬が聞くと客が考える。

「そうだな。団子や餅《もち》、甘酒などがいいんじゃねえか？」

「三つも？」

「甘いものがいいんじゃねえかと思う」

そんな話がポチポチ出て、小冬の母親が乗り出してきた。

すると、話は早いがあまり考えのない女四人で、何も考えず三つともやっちまえということになった。

そんなことをすれば死人が出るほど忙しくなる。

たちまち四人が五人になり六人と人が増えて、暗いうちから茶店の中は大騒ぎになった。

ところがこうなると、商売というものはおもしろくてたまらない。

銭のことをお足とはよくいったもので、銭はあたかも足があるように走り回るからそうよぶのだという。

畏《かしこ》き辺りの女房ことばだったともいい、翼なくして飛び足なくして走るという諺《ことわざ》からきているともいうのだが定かではない。

そのお足がじゃらじゃらと、笊《ざる》にたまるのだからおもしろいに決まっている。

茶屋の奥で平三郎も手伝わされた。

江戸の女は気が強い。平三郎が顎で使われる。

「おじさん、餅が足りないよ！」

「へい、すぐ焼きます」

「お茶、お茶ください！」

「へい……」

客が混むと、茶屋の表も奥もてんてこ舞いの戦場だ。

平三郎が見えるところにいるとお浦は上機嫌だ。その上、お足が飛んでくるのだから、お浦はいつもニコニコしている。

笑う門にはなんとやらで小冬も幸せだが、茶屋を閉めると疲れ切って、急いで夕餉を取りカーッと寝てしまう。小冬の友だちも店を手伝い家に帰る力が残っていない。毎日、茶屋に泊まって二人は抱き合ったり折り重なったりして一晩中忙しい。

「お足の勘定もたいへんだな……」

「もう止める。寝ましょう」

「勘定だけはしておいた方がいいぞ」

「寝る方が先……」

平三郎にお浦がねだる。この頃、外にも出ないが平三郎は疲れていた。若いお浦に無抵抗で蹂躙《じゅうりん》されているからだ。一番大切なことだ。

お浦の掛茶屋は、あっちもこっちも大騒ぎである。

そんな中で、八の日は平三郎が浅草に出かけてお絹と会うようになった。

その日は利八ではなく亀吉がお絹の警護についた。

大川端の逢引茶屋に入ると、いつもの女が先に来ているお絹の部屋に案内する。

「おじさん、いよいよ兄が出てきます」

「隠れ家が決まったんだね？」

「ええ、利八が呼びに行きましたから……」

「子分たちはもう隠れ家に？」

「少しずつ集まってきています」

「お絹さんは金杉の隠れ家ですか？」

「そう、久助《きゅうすけ》と小平《こへい》が傍にいます。二人は大丈夫です」

「隠れ家はどこです？」

「日本橋の……」

お絹は思い出せない。

「日本橋がわかれば狙いはその辺りでしょう。大店を襲うつもりだな。お絹さんを引き込みに入れるつもりはない？」

「そんな話は聞いていないから、押し込んで殺すつもりだと思う」

「止めさせられないか？」

「もう無理、駄目だからねおじさん……」

「なぜ、江戸に行けと言われたのです？」

「それがわからないの、どこかにあたしを入れるつもりじゃないかしら、押し入れないところに……」

「厳重な大店か？」

「だいぶ前だけど浪人たちが、三河屋《みかわや》がおもしろいとか話していました」

「三河屋というと、大きいのは両替商の三河屋七兵衛《しちべえ》だが？」

「どこかはわからないけどそこでしょう」

「三河屋は無理だ。あそこは腕の立つ剣士が何人もいる。怪しい者は有無《うむ》を言わさず斬られるところだ」

「鬼屋という名も出たことがあります」

　平三郎はお絹の言葉に驚いた。どこも飛びきりの大店で、朝太郎が自分で無理だと見てあきらめた店だ。

「鬼屋長五郎には三十人からの若い衆が泊まっている。多い時は四十人以上もいる店だ。それを皆殺しにするというのか？」

火事などがあれば飛び出してくる気の荒い若い衆たちだ。平三郎はそういう大店のことは詳しく知っている。大盗賊の朝太郎でも手の届かなかったところだった。

「どこを狙うかわかったら知らせてください」

「兄があたしに知らせるかしら、むしろ、亀吉の方が。そう話しておきます……」

「それがわかれば出鼻をくじくことができる」

「本当に？」

「江戸でみな殺しはさせられない。北町奉行をなめるとひどいことになる。それを逃れたのは、お頭と一人二人しかいない。怖い人だ……」

平三郎たちは江戸で仕事をするにあたって、町奉行のことや大店のことをことごとく調べたのだ。

「これからは八の日はここでいいですが、急なつなぎの時は、湯島天神の境内に酉《とり》の刻（午後五時〜七時）頃に来てください……」

「おじさんは湯島天神の辺りに？」

「そうです」

「わかりました」

「雨太郎さんが出てきたらくれぐれも気をつけて……」

「うん……」

「帰りは日本橋の道三河岸《どうさんがし》まで舟で行けば速いです」

「舟で？」

「ここの女の人に頼めば支度をしてくれます」

平三郎が手を叩《たた》くと廊下に女が来た。襖を開けない。

「日本橋道三河岸まで舟を頼みたいが？」

「はい、畏まりました」

しばらくすると支度が整いましたと告げてきた。

「おじさん、帰りたくない」

「わしも危ないところに帰したくないが、いつでもここで会えますから……」

「八の日に？」

「はい……」

お絹が怒った顔で平三郎をにらんだが、平三郎が立つと一緒に立ち上がって抱きついた。

「いいでしょ？」

「舟が……」

「いいでしょ？」

「高遠のお頭に叱られます」

「お願い……」

お絹が寝所の襖を開いて平三郎を引っ張った。

「こんなことをしてはいけません」

「駄目……」

お絹は駄々っ子のように強引だった。

「あたしを嫌い？」

「いいえ……」

二人は抱き合って豪勢な布団に転がった。

「助けて、死にたくないの……」

お絹が平三郎の首に腕を回して抱きついた。お絹は恐怖が胸いっぱいに広がって、どうしていいかわからなくなっている。

「お浦ちゃんと一緒にいるの？」

お浦は江戸にいないと言った平三郎が小さくうなずいた。

「お浦ちゃん、御免《ごめん》……」

「悪い子だ……」

「うん、お絹は悪い子だもの……」

結局、支度した舟と亀吉は一刻近くも待たされた。

第十六章　湯島天神男坂《ゆしまてんじんおとこざか》

その夜、平三郎はお絹とのことをお浦に話した。

「そう、お絹ちゃんが……」

「怒らないのか？」

「お絹ちゃんじゃ仕方ないもの、きっと寂《さび》しいんだと思う。可哀《かわい》そう」

「お浦……」

「あたしは悋気《りんき》持ちじゃないから、それに……」

お浦がクックッと喉《のど》で鳩《はと》のように笑うと、平三郎に覆《おお》いかぶさってきて耳に口をつけた。

「お長が帰ってきたの……」

小声でつぶやいた。

「なんだとッ？」

起きようとしたがお浦が重い。クックックッとうれしそうに笑う。お絹のことが吹き飛んでしまった。

「お長が戻ってきてくれたの……」

「お浦、まさか？」

「うん、まさかなの……」

平三郎がお浦をひっくり返して覆いかぶさった。

「本当なのか？」

「うん……」

目を瞑《つむ》ってうなずいたお浦の目から涙がこぼれた。もうあきらめていたのだ。

「そうか、お長が……」

「神田の明神さまが願いを聞いてくださったの……」

平三郎の首に腕を回して強く抱きしめた。

「ありがとう」

「そうか、大切にしないといけないな」

「うん……」

平三郎もお浦に子ができたことはうれしかった。どこかでこうなることを祈っていたように思う。

「お絹ちゃんを大切にしてあげて……」

「そうだな……」

そう言ってもなかなか難しいのが平三郎だ。もう少し若ければと思う。

平三郎はお絹と約束したように、毎日夕刻、酉《とり》の下刻（午後七時）に湯島天神《ゆしまてんじん》の境内《けいだい》に向かった。神田明神から湯島天神までは八町足らずで、男坂《おとこざか》を上がって行くのが参拝道だった。

誰もいない夕暮れの境内は静かである。

天神さまには梅ノ木がつきものだが、その時期は終わっていた。

東向きの男坂は急で、北向きの女坂《おんなざか》は緩《ゆる》やかになっている。湯島天神は見晴らしのいい高台に建っていた。

「今日も来ていないな……」

男坂の上から上野不忍池を眺めた。

「雨太郎さんには死んでもらうしかないか……」

平三郎は重大な決意をしていた。

お絹と一部の子分を助ける方法を考えていた。だが、どのように殺すかである。できれば江戸で仕事をする前に決着をつけたい。

そのために、自分も死ぬかもしれないと思う。

戌《いぬ》の刻（午後七時〜九時頃）になると、平三郎は男坂を下りて神田明神に戻った。

「おかえりなさい」

「うむ、まだ江戸に来ていないようだ」

「出てきたらすぐ仕事をするの？」

「押し込んでみな殺しだから仕事は早い。数日でやるはずだ」

「数日で？」

「手早く仕事を終わらせて素早く逃げるのだろう」

みな殺しという言葉が、お浦の耳にはひどく嫌なものに聞こえた。何人でも殺すというように聞こえる。

「江戸でそんなことをすればお奉行所が？」

「おそらく、浪人たちは奉行の米津勘兵衛にわざとみな殺しを見せつけて嘲笑《あざわら》うつもりなのだろう」

「何《な》んということを……」

お浦が怯《おび》えるように言った。何んという怖い話だと思う。平三郎はその仕事の日が近づいていると感じている。

その頃、川崎湊ではお葉が女の子を産んだ。お富が傍《そば》にいてくれたことがよかった。お葉を励ましながら産婆を呼びに行ったり忙しく働いた。産声《うぶごえ》を聞いた時、お富はひっくり返りそうになるほど疲れていた。

そのお富から知らせがあって、藤九郎はその女の子に秀《ひで》という祖母の名を与えた。お秀はうまく育ち武家に嫁ぐことになる。

藤九郎はお葉に会いたいと思ったが、すぐ奉行所を飛び出すことはできない。勘兵衛に「無事生まれましてございます」とだけ報告した。

「暇《ひま》な時に見に行け……」

勘兵衛はそう言った。だが、奉行所はいつも暇ではない。暇な時など滅多《めった》にない。

この時、奉行所はいくつか事件を抱えていた。

江戸は大きくなるにつれて、混雑した町人地からの死人が増え、次々と新しい寺が建立《こんりゅう》されて寺の多い城下になるが、一方ではどうしてもうまくいかない寺も出てくる。

そんな中に円明寺《えんみようじ》という寺があって、良からぬ連中のたまり場だなどと言われたが、和尚が盗賊ではないかと噂《うわさ》が出て奉行所が調べていた。

もう一つは、市原一馬《いちはらかずま》という痩《や》せ浪人がいて、強請《ゆす》りたかりをするというので調べている。そんな細かな事件が四つも五つもあると奉行所は忙しい。

そんな時に辻斬《つじぎ》りでも出ようものなら、奉行所はたちまち人手が足りなくなる。勘兵衛はご用聞きをもう少し増やそうと考えていた。

幾松も三五郎も益蔵も、根っから捕り物好きで、勘兵衛が心配したほどのことはなく、同心たちとも仲が良く、その配下としてよく働いた。

お駒を嫁に出した穴を埋めなければならない。お駒がいなくなって寂しい直助はお繁の茶屋でしょぼくれている。勘兵衛はお駒のかわりに若いお香を考えていた。

「ちょいと行ってくる」

「気をつけて……」

神田明神のお浦の茶屋から決まって酉の下刻になると、平三郎が湯島天神まで行ってお絹からのつなぎを待った。

「雨太郎を殺すしかない」

平三郎の腹は決まった。それ以外、お絹たちを助け出す手立てはない。

「お頭《かしら》には死んで謝るしかない」

凶悪な盗賊になった雨太郎と刺し違える覚悟の平三郎だった。男坂の上で暮れなずむ不忍池と上野の山を見ていた。

この六年後に、三代将軍家光と天海《てんかい》によって、上野の山に互豪壮麗《ごごうそうれい》な東叡山寛永寺《とうえいざんかんえいじ》が建立される。天台《てんだい》僧の天海の発案で、東の比叡山《ひえいざん》ということになり大きな権勢を誇ることになる。

平三郎は戌の刻になると男坂を下りた。

お浦は八の日になるとそわそわ落ち着かなくなる。

「八の日だね？」

平三郎がお絹と会うのだと思うと、悋気じゃないからというやさしいお浦も少し不機嫌になる。だが、そんなところを平三郎には見せない。

「やさしくしてあげて……」

「うむ、行ってくる」

お浦が平三郎を送り出す。お浦はずいぶん見ていないお絹に会いたいと思った。朝太郎の傍で姉妹のように過ごしてきた二人だ。一人の男を二人で愛しても仕方ないと思ったりする。

大川端のいつもの茶屋に入るとお絹が待っていた。

お絹は小さくうなずくと平三郎を寝所に誘う。恋しくて恋しくて十日間が待ちきれなかった。

「本当に悪い子になってしまった。お頭に告げ口しますから……」

「いいもの、怒らないもの……」

「そうだな、お頭に叱《しか》られたのを見たことがない」

「うん……」

お絹が平三郎に抱きついてうなずいた。

「お頭の前ではいい子、小頭の前では悪い子……」

そういうと、お絹がクックッと喉で笑った。

「どっちが本当のお絹さんかな？」

「さんなんて嫌《いや》、お絹って呼んで……」

「お絹？」

「うん、悪い子に決まっているじゃないの……」

またクックッと笑った。

「そうじゃないな。お絹はいい子が本当のお絹だ。お頭の目は節穴じゃない」

「違うもの……」

お絹は悪い子になりたいのだ。そう自分に言い聞かせている。襖《ふすま》を閉めて二人は抱き合ったまま座った。

「お絹、実はお浦に子ができた」

「えッ……」

驚いた顔でお絹が平三郎を見つめる。言わなければよかったかと思った。

「お浦ちゃんと同じにして……」

いきなりお絹が平三郎を押し倒して覆いかぶさってきた。

「あたしもお浦ちゃんと同じがいい……」

まるで子どものように駄々っ子のお絹なのだ。平三郎が何を言っても聞きそうにない。お浦のことをいえばあきらめるかと思ったが逆だった。

お絹の炎が燃え上がってしまった。

お浦と同じがいいと言われても、そううまくいくものではない。

「神さまがお長を返してくれたんだ」

「そうか、お長ちゃんか、あたしも欲しいから……」

もう何を言っても駄目だ。

「お浦に全部話した」

「そう、お浦ちゃん、なんだって。当ててみましょうか?」

平三郎の顔を覗《のぞ》き込んで言う。

「あたしと同じようにしてあげて、でしょう?」

「どうして?」

「ふん、約束だもの、あたしのものはお浦ちゃんのもの、お浦ちゃんのものはあたしのものなの……」

「無茶な……」

「女は無茶なの、あきらめなさい。往生際《おうじょうぎわ》が悪いんだから……」

大人びたことを言って平三郎をにらんだ。

「よし、そういうことなら容赦《ようしゃ》しない。二人とも男をなめやがって!」

平三郎がお絹をひっくり返して覆いかぶさっていった。クックックッと笑ってお絹が平三郎を抱きしめた。

そんなこんなで二人の逢瀬《おうせ》はお絹の勝ちだった。

平三郎は年甲斐《としがい》もなく一刻以上もお絹に翻弄《ほんろう》された。

二人の話し合いは、雨太郎が江戸に入ったらすぐ知らせる。その後の数日が勝負になることを確認しただけだ。

「兄を殺す？」

疲れ切ったお絹が重い頭を持ち上げて平三郎に聞いた。

「まだわからない……」

「まさか兄と一緒に死ぬ気じゃないでしょうね？」

心配そうな顔でお絹が平三郎の胸に這《は》い上がってきた。それに平三郎は答えない。

「絶対、嫌だから、そんなことになったらお絹も死ぬからね」

「死なない。心配するな」

きっぱり言い切ってお絹を安心させた。

「ほんとに好きなんだから……」

「わかっている」

「約束だよ」

「お絹、盗賊にそんな約束はできねえ、わかっているだろう」

「嫌だ。約束して！」

体を起こして平三郎をにらむ。真剣な顔で怒っている。

「わかった。約束する」

平三郎がお絹を抱きしめた。

「一人にしないで、お願いだから……」

お絹は誰にも心を許さず用心して、恐怖と戦いながらずっと一人だった。平三郎とこうなってよかったと思っている。それがすぐいなくなるなど耐えられない。

大丈夫かなと半分だけ納得して、お絹は舟に乗って亀吉と帰って行った。その二人を窓を開けて平三郎が見送っている。

春の風が柔らかく部屋に吹き込んできた。

お絹が川下に流れて行く舟から小さく手を振っていた。

「お茶をお持ちいたしました」

「お入り……」

平三郎が遠くなった舟を見て窓を閉めた。

「姉さん、今日も約束は果たせそうにない。すまないね」

「いいんですよ。若くてあんなにきれいな方ですからあたしなんかどうでも、焼き餅《もち》も焼けませんよ」

「そんなことはありません。一度お手合わせを願いたいと思っています」

「旦那はやさしいねえ、あたしみたいな者にまで気を遣ってくださって、本気にしちゃいますからね……」

「ところで、この辺りに二代目鮎吉という大親分がいるはずなんだが？」

「あら、二代目をご存じなんですか？」

「いや、名前だけですよ」

「そうですか、この前の通りを左に半町ばかり行くと大きな屋敷があります。そこが二代目のところです」

「子分が百人以上いるそうですね？」

「そうなんですよ。仕事は舟の荷運びで、ずいぶん繁盛しているって噂です」

「なるほど……」

「この浅草には、益蔵さんというご用聞きの親分がいるんだけど、二代目の子分だった男で、二代目は北町のお奉行さまとも親しいと聞きましたよ」

「それはなかなかだね」

「ええ、その益蔵さんの女将さんというのがいい女でね。観音さまで茶屋をやっているんだけど、行けばすぐわかるほどの美人だから、目の薬に寄ってみるといいよ」

「ほう、目の薬か……」

六郷橋まで追ってきた男がその益蔵だと思う。

平三郎は四半刻ほど女と話をして茶屋を出た。警戒を怠《おこた》らず尾行がついていないことを確認して神田明神に戻った。

お浦は何も言わず平三郎を迎える。お絹との逢引《あいびき》なら仕方ないと思っていた。

その翌日の昼頃、ひょっこり旅姿の丑松がお浦の茶屋に現れた。

「あッ、丑松さん……」

「お浦の姐さん、おじさんはいるかい？」

「ええ、どうぞ中へ……」

小冬が誰だという顔で見ている。

「二階におります」

「うん……」

草鞋《わらじ》を脱ぐと足を拭いて二階に上がった。伊那谷の高遠から出てきたのだ。

「おじさん……」

「丑松さん、どうして？」

「おじさんが帰らないのでお頭が見て来いと……」

「一人で？」

「うん、誰も連れてこなかった」

「中山道、それとも甲州街道ですか？」

「中山道をきました」

そこに茶を持ったお浦が上がってきた。

「小頭を迎えに？」

「どうしたか見て来いとだけ……」

「そうですか……」

「姐さんは元気ですか？」

「ええ、いい場所で茶屋を始めましたので忙しくしています」

「すぐそこが神田明神でした」

「いいところでしょ？」

「うん、江戸の守り神だと聞きました」

丑松はずいぶん若く見えたが二十五歳を超えていた。お留が四十を超えてから産んだ子だった。

「小頭は雨太郎兄貴と会えましたか？」

「それがまだです。雨太郎さんは間もなく江戸に入るということです。亀吉と利八につなぎがとれています」

「やはり兄貴の噂は本当ですか？」

「亀吉たちの話では、凶悪な浪人たちが傍についているということで、会うのは危険だということです。その浪人に峰造が殺されたということでした」

「峰造小頭が？」

丑松が息を呑《の》んだ。峰造が雨太郎の片腕だと知っている。そんな大切な子分をなぜ殺したのだと思う。

平三郎は丑松に姉のお絹のことを言わなかった。

当然のごとく、雨太郎とお絹は一緒に行動していると丑松は思っている。

お浦が二階を平三郎と丑松に譲って、階下で女三人が寝るようになると、また小冬がお浦の乳を吸いにくる。

第十七章　符丁

翌日、昼過ぎになって東海道を下ってきた雨太郎一行が六郷橋を渡った。

利八が迎えに行ったのは、雨太郎と浪人たち三人だった。

甘酒ろくごうの前を素通りした。

「久六ッ、あの五人を追えッ！」

近頃の三五郎は鼻が利《き》くようになっていた。傍で小春が見ている。

久六が雨太郎一行の後を追って走って行った。

三五郎は浪人の三人組と百姓でもなさそうな町人の五人組はおかしいと思った。妙な組み合わせだと鼻が利いた。

このところ小春が、品川宿に茶屋を持ちたいと寿々屋《すずや》の親父《おやじ》に相談している。

その寿々屋から小豆《あずき》が飛び出してきた。

「久六さん、どこへ行くのさ？」

「ちょっとお奉行所までだ」

追っている雨太郎一行が見えなくなる。

「親分に待っているって言って！」

「おう、わかった！」

久六が街道を走った。

「小豆の奴《やつ》、親分に未練があるんだな。おれじゃ駄目か、馬鹿野郎め……」

久六は小豆に惚《ほ》れていたが、小豆は三五郎が好きなのだ。惚れた腫《は》れたはなかなかうまくいかないものだ。

つかず離れず、見え隠れしながら久六が追っている。ご用聞きも慣れてきて三五郎はなかなかいいところに目をつけた。

久六もずいぶん尾行がうまくなった。

亀吉が探した日本橋の隠れ家の裏口に利八は四人を案内する。

「あの野郎、浪人にへこへこしやがって気に入らねえな……」

ブツブツ言いながら久六が物陰に身を潜《ひそ》めた。

「くそッ、腹へった。こんな時に……」

見ていると、半刻の間に入ったのが三人、出てきたのが一人で、その四人の男は目つきの良くない連中だ。

「怪しいな、ここは何屋だ。空き家じゃねえのか？」

久六が表に回って行ったが看板はない。

「空き家だ……」

知らん顔で通り過ぎた。

「まずいな……」

久六の勘では最悪だった。足が奉行所に向かっている。一人ではどうにもならない。怪しいのか怪しくないのかは奉行所に任せるしかない。

奉行所の門前で見回りから戻った大場雪之丞と出会った。

「久六、その顔はなにかあったか？」

「大場さま、変な奴らが東海道から江戸に入ったんでござんすよ」

「変な奴ら？」

「ええ、浪人が三人と町人が二人の五人組で……」

「そうか、それで品川から追ってきたのか？」

「へい……」

「よし、長野さまにお話ししろ、大捕り物かもしれないぞ？」

雪之丞がニッと笑った。

久六の話を聞いた半左衛門が勘兵衛に相談して、すぐ木村惣兵衛と大場雪之丞を見張りに走らせた。久六は、幾松と寅吉を呼びに行って一緒に少し遅れて空き家に駆けつけた。

「空き家というのが気に入らないな？」

「はい、久六の話は確かなようです」

「盗賊の隠れ家だとすれば仕事は早い。目立つところではすぐ見つかる危険がある。浪人を連れた盗賊なら四、五日で仕事をして逃げるはずだ」

「殺しを？」

「おそらく。厳重な手配りを……」

「畏《かしこ》まりました」

北町奉行所は緊急の態勢に切り替わる。同心が交代で見張りにつくことになった。近ごろの半左衛門はこういう連中を見逃さない。

その頃、平三郎は湯島天神でお絹と亀吉に会っていた。

「三河屋七兵衛に入る手立てを考えろというの……」

「そんな無茶なことを……」

「怖い、助けて……」

　お絹が平三郎に抱きついた。

「心配ない。亀吉、仕事の場所と日にちはわかるか？」

「へい、利八が道々話を聞いたそうなんで、明後日の夜に、日本橋の蠟燭《ろうそく》問屋上州《じょうしゅう》屋吉五郎《やきちごろう》だそうです」

「間違いないか？」

「浪人たちが雨太郎お頭と話していたそうで……」

「明後日か、早いな」

「お頭の腰巾着《こしぎんちゃく》、伊蔵《いぞう》の野郎もそう言っておりやしたから、この話は間違いはありやせん」

「亀吉、お絹と一緒に逃げる子分たちを、仕事の直前に金杉川に逃がせ。できるか？」

「やりやす……」

「仕事の直前であれば奴らは追えないはずだ。その後のことはわしに任《まか》せろ、いいな？」

「死んじゃ嫌だよ」

「お絹、お前を置いて死ぬと思うか。心配するな。お頭から頂戴《ちょうだい》した銀煙管《ぎんギセル》にものを言わせて見せる。高遠に逃げる支度をして待て！」

「うん……」

「亀吉、すべてわしに任せて逃げろ、いいな？」

「へい！」

「もし、予定が変わったらここに知らせに来い。誰でもいい。一刻もすれば暗くなる。明るいうちに急いで帰れ！」

「絶対、死んじゃ嫌だからね！」

「わかった。高遠で会おう。亀吉頼むぞ！」

平三郎はお絹の身柄を亀吉に託して金杉川の隠れ家に帰した。雨太郎と浪人たちが江戸に入ってきたことで事態が切迫してきた。

雨太郎がいる日本橋の隠れ家も聞いた。

狙いの蠟燭問屋上州屋吉五郎から一町も離れていない。

亀吉が隠れ家を探したのだから、一味の狙いが蠟燭問屋の上州屋吉五郎だと、だいぶ前から知っていたはずなのだ。

それを口が堅く言わなかったが、いよいよ日にちも決まって、慌《あわ》てて平三郎にすべてを知らせる気になったのだろう。

平三郎は丑松の扱いもどうするか考えなければならない。

自分の身の処し方は覚悟している。

お絹と丑松は、何んとしても無事に高遠に帰さなければならなかった。もちろん、お浦にも火の粉が降りかからないようにする。

翌日は一日中茶屋の二階にいて、いつものように酉の下刻には湯島天神に向かった。最後のつなぎが来て予定変更か仕事を強行するかだ。

平三郎の考えでは浪人たちの懐は寂しいはずだ。

雨太郎たちはそれなりにお頭からもらった二、三百両を持っていて、急ぐ仕事などしなくていいはずなのだ。

「馬鹿な連中だ。おとなしくしていればいいものを……」

男坂を上って行ったが、境内はまだ明るいが森閑《しんかん》としている。人の気配がない。いつものように不忍池を眺めた。

「ここから見るのも今日が最後だ……」

江戸に出て来て色々なことがあった。

お浦は子ができたというし、お絹はお浦と同じがいいという。

高遠の朝太郎が隠居してからの変化があまりに目まぐるしかった。雨太郎の豹変《ひょうへん》には平三郎も仰天《ぎょうてん》、殺さなければならないとは考えもしなかった。

これから先、何十人も殺すだろうことを思えば、ここで心を鬼にして処分するしかない。

雨太郎が生まれた時から知っている平三郎にはつらいことだが、これは小頭の平三郎がしなければならないことだ。

いつものように、戌の刻には神田明神の茶屋に戻った。

翌日の昼頃、平三郎は一人で出かけた。

お浦は何も聞かず、ただ「行ってらっしゃい」とだけ言って送り出した。平三郎の顔色から事態が切迫していると感じていた。

下城した勘兵衛が奉行所に戻ってくるとすぐ、七、八歳の女の子が奉行所の門番に「これ……」と言って結び文を渡した。

その門番が走って行くと半左衛門に結び文を差し出した。

「門前に女の子が届けて来ました！」

「女の子？」

「八歳ぐらいかと？」

結び文を開いた半左衛門がサッと立って、奥の勘兵衛の部屋に急いだ。

「お奉行！」

「どうした、慌てて？」

勘兵衛は着替えて一服していた。

「これを！」

半左衛門が差し出した紙片を見て、勘兵衛の顔色が変わった。その紙片には
「今夜、上州屋吉五郎、ご用心、銀煙管」と書いてあった。

「七、八歳の女の子が門番に渡したとのことです」

「半左衛門、今夜出役《しゅつやく》だ。上州屋吉五郎は日本橋の蠟燭問屋だな？」

「はい、奉行所にも蠟燭を納めております。その銀煙管というのは何んでしょうか？」

「銀煙管はこれだ」

勘兵衛が自慢の銀煙管を半左衛門に見せる。

「それは存じ上げております」

「これと兄弟の銀煙管を飛猿《とびざる》の朝太郎が持っているのだ」

「それではこの銀煙管というのは飛猿の符丁？」

「洒落《しやれ》た真似《まね》をする爺《じい》さんだ。墓参の折に岡崎宿で会ったのよ。わしにだけわかる符丁を書いてきた」

「ではその時お見逃《みのが》しを？」

「明日をも知れぬ高齢の爺さんを捕まえてどうする。その時に見逃したからこの紙片が届いたのだ。そうだろう？」

「はあ、そうですが大盗賊を……」

「大盗《たいとう》も鼠《ねずみ》も年を取れば同じだ。それより、日本橋の見張りを残してみなを集めろ。喜与、今夜はわしも出る。支度をしてくれ……」

「畏まりました」

勘兵衛はあの朝太郎に会えるかと思った。

なぜ伝えてきたのか勘兵衛にもわからない。ただ、考えられるのは、今見張りを続けている日本橋の空き家の一団だ。

その空き家は、上州屋吉五郎とは目と鼻の先だ。勘兵衛に届けられた紙片の内容と一致している。勘兵衛はあの朝太郎に何かあったのだろうと思う。

岡崎宿に現れた朝太郎は、明らかに別れを言いに来たとしか思えない。その朝太郎が助けを求めてきたとも考えられる紙片なのだ。

勘兵衛は喜与と半左衛門が部屋から出て行くと、今、何が起きているのかをしばらく銀煙管を眺めて考え込んだ。

その時、フッと朝太郎の命が危ないのか、何か始末できないことがあって、死ぬ覚悟で密告してきたのではないかと思えた。

「始末できないこと……」

銀煙管の朝太郎が追い詰められている。

「隠居したあの老人が江戸に出てくる理由か？」

勘兵衛が思い当たったのは、仲間割れではないかということだ。

「浪人か……」

日本橋の空き家に巣を作った一味が盗賊なら、考えられるのは殺しをしない朝太郎が隠居してから、殺しをする荒っぽい子分が出て放置できなくなった。

それなら朝太郎一人では始末におえない。

朝太郎が死ぬ覚悟を決めて、殺しをするようになった子分たちを一気に処分する。

大盗賊の最期だ。

今、何が起きているのか、勘兵衛はほぼ正確に読み切った。

こういう想像ができると絡まった糸がスルスルとほどける。勘兵衛はまだ老いてはいないと自分を励ますように思う。鋭い勘とわれながら納得する。

人は誰でも老いる。

生きとし生けるものに不老不死はない。

朝太郎がどんなに悩んでこの一枚の紙片を書いたか勘兵衛にはわかる。

万策尽きて、子分を殺そうと決心した苦しさが、わずかな文字の中に滲《にじ》み出ているとと勘兵衛は思った。

もう一度、あの朝太郎と会ってみたい。

その夕刻、平三郎は丑松とお浦に今夜の事件のことを話した。

「丑松さんは、お頭が使っておられた金杉川の隠れ家を知っているはずだが？」

「知っています」

「そこにお絹さんと何人かの子分がいます」

「姉さんが？」

「お頭に会いたがっていますから、これからそこに行って、お絹さんを連れて高遠に戻ってもらいたい」

「それで小頭は？」

「わしは今夜の雨太郎さんの押し込みを邪魔する。大きな騒ぎになれば、奉行所が乗り出してくる。そうなれば一味はどんなにもがいても、江戸からは出られないだろう」

「小頭……」

お浦が泣きそうな顔になった。

「小頭は死ぬつもりですか？」

丑松は平三郎の覚悟を感じ取った。

「いや、そう簡単には死なない。わしは奴らとは違う。いい逃げ道を考えてあるから、夜陰に紛《まぎ》れて江戸を出て真っ直ぐ高遠に行く。お浦、夏にはここに戻ってくる」

「夏には戻る」とは魂となってお盆には帰ってくるということだ。

「本当だね？」

「お頭に会ってから必ず戻ってくる」

最早《もはや》、猶予《ゆうよ》のない三人の話し合いがまとまった。

「丑松さん、お絹さんを頼む。先にここを出て金杉川に行き、間を置かずにあの隠れ家を出てもらいたい。奴らに追われると厄介なことになる」

「わかりました。高遠で待っています」

「身軽なわしの方が先かもしれんぞ……」

平三郎がにやりと不敵に笑う。傍のお浦は納得しながらも、あまりに危ない話で心配でならない。

暗くなると旅姿の丑松がお浦の茶屋からひっそりと出た。

丑松の役目は金杉川の隠れ家に立ち寄って、姉のお絹と子分たちを連れて、すぐ伊那谷の高遠城下に逃げることだ。

逃げ道は東海道に出て岡崎宿まで行って三州街道を行く大回りか、途中で富士川を遡《さかのぼ》って甲斐に出て杖突峠《つえつきとうげ》に出る小回りか、最も近いのは八王子に出て甲州街道を行く道だ。

丑松は、逃げ道を考えながら金杉川に急いだ。

「死んじゃ嫌だからね？」

お浦は平三郎に抱きついて最後の懇願だ。どうしても胸騒ぎが収まらないお浦である。

「お浦、わしの本当の名を知っているか？」

「本当の名前？」

「そうだ。わしの本当の名は伊那谷の守り神、仁科五郎信盛さまの家臣、古谷平三郎元忠というのだ」

「お武家さま、五郎山の？」

「うむ、わしは五郎信盛さまと死ぬつもりだったが、傷ついて死にきれず、倒れているところを、戦場にいた朝太郎お頭に助けられたのだ。わしの生涯はその時に一度終わっている」

　平三郎は確かにあの時、五郎信盛や多くの同僚と死んだ。そう思うことで、細々と命の火を灯《とも》してきた。辛《つら》く長い旅だった。

「だけど……」

「うむ、お前の言いたいことはわかる。一度死んだわしはもう死なない。わしの本当の名を忘れるな、古谷平三郎元忠だぞ。生まれてくる子は武士の子だ。いいな？」

「うん、でも死なないで、死んじゃ嫌だ……」

　お浦が泣いた。

「夏には戻る……」

　平三郎がニッと微笑んだ。

刀袋から名刀二代目孫六兼元を出して腰に差した。何十年も忘れていた刀の重みだ。

「お浦、武士とは言っても腰の刀が重いようでは年寄りだな」

「うん……」

お浦が泣き笑いだ。

「そんなもの、置いて行ったら？」

「そうもいかんだろう。折角《せっかく》手に入れたのだから、一本だけでも差して行かないと恰好《かっこう》がつくまいが……」

「そんなもの……」

「そんなものとはなんだ。これは二代目孫六兼元という名刀だぞ」

「高いの？」

「三百五十両だ」

「さ、三百五十両だって、こんなものが？」

この忙しい時に夫婦喧嘩《げんか》になりそうな気配だ。お浦にしてみればこんな危ないもの、一両でもいらない。

「これはわしのただ一つの宝だな」

「とっつぁん、変だよ。そんなものを自慢して……」

怒っている言い方だ。

「お浦、お前にはこれの良さがわからないんだ。いいものだぞ」

「そうかもしれないけど、危ないよ」

お浦が平三郎の首に飛びついた。

「必ず、抱いて？」

「うむ、行ってくる」

平三郎がお浦を強く抱きしめた。既に旅支度をしている平三郎が、階下に下りて草鞋《わらじ》を履いた。眠そうな小冬たち二人が部屋から首だけを出している。

「おじさん……」

「小冬、女将さんを頼むよ。ちょっと旅に行ってくるから……」

「うん、気をつけてね。早く戻ってきて……」

「ああ……」

平三郎が笑いながら小さくうなずいた。何んとも暢気《のんき》でいい娘たちだ。お浦を助けてくれるだろうと思う。

「開けるから表から出て、真っ暗だけど月が出てきたみたい……」

お浦がなぜか表の戸を開けて平三郎を見送る気になった。

二人の娘も寝衣のまま猫のようにのそのそと部屋から出てきた。

「おじさん、こんな夜中に行かなくてもいいのに？」

「小冬、今出ても六郷橋を渡る頃には夜が明けるだろう？」

「そうか……」

目をこすりながら小冬がうなずいた。

第十八章　二人妻

東の空に大きな月が昇ってきた。

平三郎は神田明神に行って祈った。

戻ってくると、茶屋の前にお浦たち三人が出て来ている。近づいて行くと、何も言わずお浦を抱きしめた。

「明神さまが味方だ……」

そうつぶやいてお浦の顔を見る。明るい月明かりにお浦の涙が頰《ほお》で光った。

坂を下りると平三郎は日本橋の上州屋に向かった。

「戌の刻が過ぎるな……」

その頃、奉行所も支度が完了して勘兵衛が出てくるのを待っていた。

「そろそろだな……」

「はい、間もなく亥《い》の刻（午後九時〜一一時頃）にございます」

半左衛門も久々の大掛かりな捕り物に緊張している。

「よし、行こう」

勘兵衛が喜与と半左衛門、お香を連れて奉行所の大玄関に現れた。喜与から太刀を受け取ると腰に差した。馬が用意されていて勘兵衛が騎乗すると、先頭の文左衛門の手が挙がって捕り物の一団が奉行所を出た。

勘兵衛の馬の傍には藤九郎がいる。

宇三郎は青田孫四郎と一緒に同心や幾松たちを率いて、例の空き家にいる一味を見張っていた。

勘兵衛は上州屋に着くと、同心や捕り方を広く周囲に配置した。

その網に入ったら出られない。

馬から降りた勘兵衛も物陰に隠れ、その馬は厩番《うまや》によって遠くへ連れて行かれた。

四半刻としないで上州屋の前に男が現れ、躊躇《ちゅうちょ》することなくスーッと暗がりに消えた。

「朝太郎か？」

勘兵衛はそう思ったが、その影は岡崎宿の後ろ姿とは少し違うようだった。昼と夜では違うだろうと思う。その影は平三郎だった。

平三郎は上州屋の周りに奉行所の手が回っているのを感じた。周囲には殺気が渦巻いている。その中に勘兵衛がいると思う。この中からもう出られないことを悟った。

上州屋の横の軒下にうずくまる。

その平三郎の動きを勘兵衛がにらんでいる。勘兵衛の命令がない限り、配置の同心たちは暗がりに身を潜めて動かない。

亥の刻が過ぎ、子《ね》の刻（午後一一時～深夜一時頃）に入ると、例の空き家の連中が動き出した。

亀吉たちが消えたことで雨太郎は怒り狂ったが、浪人たちは「殺しにおじけづきやがって腰抜けどもだ」と嘲笑う。

「ああ、分け前が増えるだけだ」

歯牙《しが》にもかけず、何が起きているか考えようともしない。

一人二人と空き家から出てきて暗がりにうずくまる。青田孫四郎と林倉之助《はやしくらのすけ》が人数を数えている。

「多いな？」

「十人を越えました」

「戸が閉まりましたので十三人のようです」

「浪人がいたな?」

「三人だったように思います」

「あれは生かしておかぬ!」

外に出た雨太郎一味は、警戒してしばらく暗がりから動かない。辺りの気配を探っている。

その頃、お絹のいる金杉川の隠れ家に丑松が飛び込んだ。亀吉たちが追手かと立ち上がった。

「姉さん!」

「丑松!」

「みんな、高遠まで走るぞ!」

「丑松のお頭……」

「小頭の平三郎おじさんと会った。みんなを逃がしてくれと頼まれた。行くぞ!」

みな旅支度は済んでいた。

「小頭は？」

「姉さん、小頭は後で来る！」

「じゃここで待ちましょう」

「それは駄目だ。ここに小頭は寄らないから……」

「兄貴と話をするんじゃないか？」

「そんなこと……」

「兎《と》に角《かく》、今夜の仕事の邪魔をするそうだ。だから先に逃げてくれと言われた。すぐ高遠に戻るそうだ！」

「逃げましょう！」

亀吉と利八の他に三人の子分がいた。

「小頭を置いては逃げられない。日本橋に行ってくる！」

「姉さんッ、駄目だッ！」

丑松が立ち塞《ふさ》がった。

「姉さんが行ったらおじさんの仕掛けが壊れてしまう。絶対だめだッ！」

「仕掛け？」

「そうなんだ。兄貴のことは忘れて、姉さんを連れて高遠に行けという命令なんだ。姉さん、お願いだから逃げてくれッ！」

お絹は平三郎が雨太郎と刺し違えるつもりだと思った。

「今頃、すべて終わっている。姉さん行くよ！」

それでもお絹が渋った。死なないと約束したのにと思う。

「おじさんの方が先に高遠につくかもしれないって笑ってた。逃げ道を考えてあるとも言ったんだ。行こう！」

「逃げ道？」

「うん、追われると厄介だから、すぐここを出ろとも！」

「そう……」

お絹が納得して七人は隠れ家を捨てた。

雨太郎一味は暗がりを拾うように、十三人がかたまり、列になり上州屋の前まで来た。勘兵衛の網の中に入った。その後ろから宇三郎たちが追っていた。

「雨太郎さん……」

暗闇に人影が立ち上がった。

「誰だ！」

「お頭の命令でお迎えに上がりました」

「小頭か？」

「はい、凶悪な浪人どもに騙《だま》されています。高遠に戻りましょう」

「この野郎、凶悪だとぬかしやがった！」

「ちょうどいい、殺してしまえ！」

「騒ぎになるぞ！」

雨太郎が躊躇したが、浪人三人が一気に刀を抜いた。

「今だッ。かかれッ！」

勘兵衛の声が響き一斉に呼子《よびこ》が鳴った。

文左衛門が走って浪人に向かって行った。一味を追ってきた宇三郎、孫四郎、長兵衛、倉之助の四人が浪人に突進する。

何はさておいても、浪人三人を斬り倒さないと奉行所から犠牲者が出る。

勘兵衛は平三郎に近づいて行った。

「朝太郎か？」

「はい、岡崎宿ではお世話になりました」

被《かぶ》り物を取ると、月明かりに朝太郎ではない。この男は誰だと思った。平三郎は腰から鞘ごと刀を抜くと勘兵衛に頭を下げて刀を差し出した。

「神妙である」

受け取ると刀を藤九郎に渡した。一瞬、勘兵衛が油断した。戦いの中から雨太郎が抜け出してきて、平三郎の背中へ袈裟《けさ》に斬りつけた。

「あッ!」

平三郎が勘兵衛の足元に崩れ落ちた。

藤九郎が、勘兵衛から受け取った平三郎の刀の鐺《こじり》で、咄嗟《とっさ》に雨太郎の喉《のど》に鋭い突きを入れた。雨太郎が二間（約三・六メートル）も吹っ飛んで気を失った。

「戸板を持ってこいッ!」

戦いの最中だ。浪人三人は奉行所の剣客たちに取り囲まれている。長兵衛は相変わらず強い。少し遠慮して与力の青田孫四郎に戦いを譲る。

「この男は盗賊一味とは別だ。すぐ体を縛って血止めをし、奉行所に運んで医師の手当てを受けさせろ、藤九郎、急いで連れて行け!」

「はッ!」

平三郎は手早く血止めの処置を受けると戸板で奉行所に運ばれて行った。

傷は深手だった。

「急げ!」

上州屋の前の戦いは四半刻あまりで終わった。浪人三人はいつものように、後腐れのないように斬り殺され、雨太郎以下十人が捕縛された。

浪人を生かして捕らえると、旧主の名前が出たりして厄介なことになりかねない。

こういう悪党は殺すのがいい解決方法なのだ。

勘兵衛が奉行所に引きあげ、雨太郎たちを牢《ろう》に入れると、勘兵衛から受け取った刀を持って藤九郎が現れた。勘兵衛が着替えるのを部屋の隅《すみ》に座って待っている。

「どうした。例の刀か？」

「はい、実はお奉行、この刀は並の刀ではありません」

「見たのか？」

「はい、拵《こしら》えが良いので五寸ほど拝見しました」

「それで？」

「名刀ではないかと思います」

「なんだと、盗賊の刀だぞ。なまくらではないのか？」

「そういうものではありません」

「どれ……」

信じられない勘兵衛が、藤九郎から刀を受け取ると拵えを見た。確かに派手な拵えではないがなかなかのものだ。

勘兵衛が鯉口《こいぐち》を切って刀を抜いた。

喜与が怖がって身を引く、夜の灯に兼元の刀身が輝いた。

「これは……」

「関物ではないでしょうか？」

藤九郎の感想だ。

「孫六か、こんな刀を持っているのは何者だ？」

「お奉行に朝太郎と名乗りましたが、墓参の折に岡崎宿で会った老人とはまったく違います」

「このような刀は武家でも滅多に腰にしないものだが……」

「あの潔《いさぎよ》さは死を覚悟していると思われます。武家ではないでしょうか？」

「朝太郎の身代わりか？」

「はい……」

「なるほど武家か、考えられるな。それで傷の具合はどうなのだ？」

「傷が大きく深手です。医師は今日明日が山場になるだろうということです」

　そこに半左衛門が入ってきた。

「調べが始まったか？」

「はい、秋本が厳しく責めています。明け方まではすべて判明するものと思われます」

　その頃、お絹と丑松たち七人は甲州街道に出るため、八王子に向かって急ぎに急いでいた。

　平三郎と雨太郎がどうなったかわからない。

　時々、お絹が立ち止まって心配そうに振り返る。

「姉さん、八王子まで行けば楽になるから……」

「うん、どうなったんだろうね？」

「兄貴ですか？」

「小頭も……」

「それなら心配ないよ。姉さんは小頭が若い頃、武士だったことを知っているかな？」

「知らない。武家だったの？」

「五郎信盛さまの家臣だったとお頭から聞いたんだ」

「そうなの？」

「五郎さまの後を追って死のうとしたが、大きな怪我《けが》をしていて腹を斬れなかったということだ……」

「切腹？」

「うん、そこをお頭が助けたそうなんだ」

姉と弟は話しながら道を急いでいた。前と後ろを五人の子分が固めている。

夜が明けると、秋本彦三郎の調べに耐えられず、石を抱かされて次々と白状し、平三郎と雨太郎の正体が判明した。

お絹が数人の子分たちと行方を晦《くら》ましたことも判明した。勘兵衛は追う命令を出さなかった。

「お奉行、平三郎がこんなものを持っておりました」

半左衛門が勘兵衛に銀煙管を差し出した。

「やはり持っていたか……」

「これが朝太郎の銀煙管？」

「そうだ。朝太郎が一番信頼できるあの男に与えたのであろう」

「お奉行のより短いようですが？」

「朝太郎めがわしに遠慮して短くした。油断も隙もない大盗賊よ」

「その朝太郎の右腕があの平三郎？」

「そういうことだろう」

勘兵衛は、秋本彦三郎の調べに朝太郎と平三郎の名が出るのを嫌がった。この事件は雨太郎と浪人の凶悪事件として終わらせ、朝太郎と平三郎の罪は問わないと考えていた。

今さら、朝太郎を呼び出して殺すまでもない。

平三郎は雨太郎のみな殺しを阻止した大きな手柄がある。

あの紙片がなければ、蠟燭問屋の上州屋吉五郎の主人から小僧まで、二十人ほどが殺されたかもしれない。

「半左衛門、この事件の功労者は品川の三五郎と斬られた平三郎だな？」

「はい……」

半左衛門は勘兵衛が平三郎を助けるつもりだと直感した。

「この事件で朝太郎の名が出るのはまずいと思わぬか、わしが岡崎宿で朝太郎を見逃したことがわかっては具合が悪いだろう？」

「なるほど……」

「それに功労者の平三郎をどのように書き残すか、それとも一切残さないか、作左衛門と相談してくれないか？」

「畏まりました」

勘兵衛は二人の名を書き残すなと言っている。

半左衛門は仏の勘兵衛が出て来てしまったと思う。町奉行にはそれぐらいの大きな権限があった。

平三郎は勘兵衛が下城してくる前に意識を取り戻した。

すぐ、体をグルグル巻きにして血止めをしたことが良かった。流血がひどいと人は確実に死ぬ。

勘兵衛はしばらく平三郎と会わなかった。

奉行所の中で平三郎は医師や与力、同心たちや喜与とお香に見守られて看病された。

雨太郎の処分は早かった。

二件のみな殺しで十六人を殺していることが判明、一味十人全員死罪という厳しい処分が幕府から下され、すぐ伝馬《てんま》町の牢屋敷に送られた。

「どうだ。平三郎の容態《ようだい》は？」

「近頃、起き上がって座れるようになりました」

「そうか、話はできるのか？」

「はい、長くは無理ですが……」

半左衛門は岡本作左衛門に命じて調書を書き直し、朝太郎と平三郎の名前をすべて消してしまった。雨太郎の凶悪事件だけが書き残された。

「半左衛門、不満でもあるのか？」

「いいえ、格別には何もございません」

「ならばよい。人は善悪両方を持っているのだ。わしは悔い改めた者まで殺そうとは思わない。平三郎はわしに協力した男だ」

「はい、その通りです。それがしは何も申し上げておりませんが、お奉行のお考えの通りでよろしいかと思っております」

「そうなのか……」

「はい……」

半左衛門は勘兵衛が一度こうと決めると、ほぼ説得するのは無理だと思っている。偶《たま》に喜与が諫《いさ》めたりして変えることがあるだけだ。

翌日、勘兵衛は平三郎と二度目の対面をした。一度目は月明かりだけでよく顔が見えなかった。

「お奉行さまだ」

「恐れ入ります……」

平三郎は頭を下げると背中の傷が痛んだ。

「平三郎、いい刀を持っているな。そなた武家であろう」

「お奉行さま、とんでもないことでございます。あの刀は先日、江戸の刀剣商から買い求めたもので、いいものかどうか……」

「主家の名をはばかっているのだろうが、高遠と言えば見当がつく、武田逍遙《しょうよう》軒《けん》殿か仁科五郎殿のいずれかであろう」

平三郎は何も答えない。

「その沈黙の答えは、旗本の仁科信基殿をはばかってであろう。それは答えなくてもよい」

「恐れ入ります」

「この銀煙管だが、わしはこの煙管で一服したことがある」

「存じ上げております」

「そうか、それでこの度の事件だがすべて決着がついた。そなたとそなたの頭はこの事件には関係がないとわかった」

「お奉行さま……」

「わしは権現さまから、この江戸を守れと命じられた。それゆえに仏にもなるが鬼にもなる。その意味が分かるか？」

「はい、江戸のために命を捨てることかと拝察いたします」

「なるほど、平三郎、長生きいたせ……」

「恐れ入ります」

「ところで、お浦とは誰だ。譫言《うわごと》に言ったそうだが？」

「妻でございます」

「ほう、それではお絹というのは誰だ。日本橋の材木問屋木曽屋忠左衛門にいたお絹か？」

「はい、お絹も妻にございます」

「なるほどな、二人妻か、お絹は金杉川から逃げたそうだな？」

「例の浪人どもに殺されますので逃がしました」

「そういうことか、ところで、そなたを看病してくれる女はいないのか？」

「おります」

「江戸にいるのか？」

「はい、神田明神のお浦でございます」

「なんだと、神田明神のお浦だと？」

半左衛門が口を挟んだ。幾松から聞いた美人のお浦だと思い出した。

「知っているのか？」

「はい、神田明神の茶屋のお浦は美人で有名にて、幾松から聞いたことがございました」

「神田明神ならすぐそこだ。平三郎、放免にする条件だがわしの手伝いをするか、それとも五郎山の墓守をするか二つに一つだ」

つまり、直助のような密偵になるか隠居するかということだ。

「お奉行さま、このような老人はお奉行さまのお役にはたちません。伊那谷に帰りたいと思います」

「お浦はどうする？」

「はい、どうすればいいか相談いたします」

勘兵衛は平三郎を六十歳ぐらいかと思った。野に放つには惜しい男だ。

「平三郎、半年間、江戸から出ることを禁ずる。居場所は神田明神のお浦の家だ。よくよく考えて気が変わったらここに来い」

江戸からの追放の逆で禁足ということだ。

「お奉行さま……」

「半左衛門、平三郎を神田明神のお浦の家に移せ……」

「畏まりました」

「お奉行さま、一味のご処分はどのようになりましたでしょうか？」

「平三郎、それは幕府の決定だ。知る必要はない」

「恐れ入りましてございます」

全員死罪だと平三郎は思った。知る必要がないということはそういうことだろう。

その日のうちに、平三郎は荷車に乗せられてお浦の茶屋に運ばれた。

茶屋の二階が平三郎の病間になった。

お浦は平三郎が大怪我をして戻ってきたことに仰天したが、既に危機を脱して何んでも食べられるし、元気そうなのでひと安心だ。

夏に戻ると言って出て行ったが、数日後に帰ってきてくれて、怪我をしていても心配がなくなった。眠れない日が続いていたのだ。

お浦と小冬たちの手厚い世話が続いて、平三郎は見る見る元気になっていった。だが、勘兵衛から半年は江戸から出るなという禁足がかかっている。

第十九章　鬼と豆観音

懸案だった飛猿一味の事件が解決して勘兵衛は大いに満足だ。

凶悪な雨太郎が狙った上州屋吉五郎事件は、悪党どもを未然に捕縛して大事に至らず、六千八百両を奪われた木曽屋忠左衛門事件は未解決のままとなった。

逃げたお絹たちも改心したものとみなしてお構いなしと決めた。というより雨太郎一味にはそのような者たちはいなかった。

雨太郎一味が所持していた小判はすべて奉行所が取り上げた。

これが千五百両を超えていて大きな実入りになる。木曽屋の小判だとわかったが、未解決のまま小判だけ出てくるわけがない。

盗賊どもがあちこちから奪った小判で、どこにも返却のしようがないものだ。

奉行が与力、同心に挨拶《あいさつ》するお盆が近づいている。

「この夏は少々贅沢《ぜいたく》ができるかな？」

などと、日頃から生活の苦しい三十俵二人扶持《ぶち》の同心は期待する。

「夏は駄目だろう。当てになるのは冬ではないのか？」

「いやいや、夏は夏、冬は冬ということでないとそれがしは困るな……」

「その辺りはおわかりのお奉行だ。神妙に待とう」

「ここ二年ほどお奉行は考えてくださったからな、有り難いと思っている」

「内与力には何もないそうだ」

「わしもそう聞いた。お奉行の直臣だからな。三人だけ特別というわけにはいくまい」

「お奉行の知行は五千石だが、領地の場所がいいから、実高はもう少しあるのではないか？」

「いや、五千石では表高と実高の違いといっても百石、二百石ではないか？」

「わしは奥方さまの着物を見ているんだが、いつも同じようなもので新しいのを見たことがないのだ」

「そうか、そういえばそんな気がするな」

「着物も新調できないのか？」

「お奉行はそんなに貧乏なのか？」

「大身旗本とはいうが、いかんせん五千石ではな、せめて七、八千石でもあれば……」

「加増を断っているそうではないか？」

「例の一件か？」

「権現さまにご迷惑をかけたということらしいな」

「あれは辛かった……」

大鳥《おおとり》事件の勘十郎のことで、勘兵衛が切腹させられるかと同心たちも心配した。だが、家康は自分が選んだ期待の町奉行をお構いなしにした。

同心たちは勘兵衛の家臣ではないのだが、勘兵衛の人柄に惚れ込み信頼している。徳川家では足軽の身分でしかない同心たちだが、勘兵衛と同じ譜代の家臣なのだ。

「あまり贅沢は言えないか？」

「まあ、そんなところだ……」

同心たちの夏の期待がしぼんでしまう。奉行がお盆に一人二両の挨拶をすれば、二百五十両が必要になる。一人に三両の挨拶をすれば、三百七十五両が必要になる。

それに反物一反をつけるとなるとひっくり返りそうだ。

同心は雨の日も風の日も見廻りに出るため、着物がすぐよれよれになる。それを洗い張りなどして糊《のり》をきかせ、パリッとさせないとみすぼらしくなってしまう。

奉行はそんなことまで気を遣わなければならない。

盆暮れに奉行が同心たちに反物を配るのは必須なのだ。家族は古着でも間に合うが、役人の同心が古着というわけにはいかない。

反物も馬鹿にはできない。ちょっといいものだと一反で一両や二両してしまう。それでも安い方で、後年、仙台平《せんだいひら》の袴《はかま》などになると、目ん玉が飛び出て卒倒するほど高い。

とても同心に手の出るものではない。

与力でようやく何んとかなるかというところだ。

武士でも身分のある武士や大店《おおだな》の主人、少し小洒落《こじゃれ》た棟梁《とうりよう》とか親分などと呼ばれる人が身につけるぐらいだ。反物といってもピンキリである。

うっかりしていると、奉行の懐から五百両ほどが吹き飛ぶ。それを冬と合わせると、千両近くになりかねない。

奉行が泥棒の上前をはねるなど至極当然である。だが、そんな小判は一枚も奉行の手には入らないのだ。

　小判がなくて奉行所が動くなどありえない。幕府から出る俸禄《ほうろく》は最低限にも満たない。

　誰もがわかっている。

　中には「どうか特別に一つ、入念なお見廻りをお願いします」などと、同心の袖《そで》に一分金などを放り込む商家もある。袖の下などともいう。盆暮れの同心には有り難い。

「よし、あそこは二日に一度は廻ってやろう」

　こういうのを魚心《うおごころ》あれば水心《みずごころ》などともいう。人の心の襞《ひだ》にわずかな物や小銭が入ると、知らぬ間に義理人情などというものが育ってくる。

　こういうものを悪だという人もいれば、面倒くさいと嫌う人もいる。世の中を穏やかに回すには必要という人もいる。

「人間は義理人情を失ったら犬猫とかわらねえ！」

　そう突っ張る人もいる。

「馬鹿言ってんじゃねえよ、義理人情で食えるほど世の中は甘くねえ！」

ちょっと粋がって、世の中を斜向《はすむかい》に見るむきもある。

人の考えは様々だ。

この頃の江戸の人たちは、義理人情を忘れるのは忘八《ぼうはち》ぐらいだという。博徒《ばくと》の端《はし》っくれまでが義理と人情を担いで歩いた。

そんな、少し間の抜けた愛嬌《あいきょう》のあるのが江戸というところだった。

急拡大するそんな江戸を押さえているのが、北町奉行の勘兵衛だから、その苦労は半端じゃない。油断すればたちまち始末におえなくなる。

幕府ができて十六年しか経《た》っていなかった。

江戸幕府は二百六十年も続くのだから気が遠くなる話だ。何もないところから、幕府はよちよちとなんとかここまで歩いてきた。

それを支えたのが勘兵衛だ。家康に命じられ、江戸を大過なく守ってきた。幕府草創期の江戸を守り、秩序を保った功績は大きい。

もう十五年の長きを奉行として務めてきた。

だいぶ疲れている。

それをわかっているのは喜与だ。隠居させてやりたいと思うが、嫡男田盛《ただもり》はまだ四歳なのだ。元服まで後十年は勘兵衛に元気でいてもらいたい。

だが、初代北町奉行はとんでもないほど激務だ。

町奉行は在任のまま死ぬことが少なくなかった。退任して十五年以上長生きした町奉行は、十四代南町奉行大岡忠相《おおおかただすけ》などごく少ない。

物語で有名な火盗改方の長谷川平蔵《はせがわへいぞう》の父は、わずか一年間だけ奉行を務め、明《めい》和《わ》の大火の犯人である真秀《しんしゅう》を捕らえた功績を認められ、同年の明和九年十月に京都西町奉行に抜擢《ばってき》されるが、翌年六月には京都で在任のまま五十五歳で死去してしまう。

勘兵衛ほど長い間、町奉行を務めた人は一人もいない。だが、その勘兵衛も、在任のまま倒れる日が来る。

神のみぞ知る。

権現さまがもういいよと勘兵衛を呼び寄せるのかもしれない。

その勘兵衛はお駒を鬼屋長五郎に嫁がせたことを後悔していた。大好きなお駒が勘兵衛を忘れたようにパタッと姿を見せなくなった。

「女は冷たいな……」

などと喜与に愚痴を言う。

「お駒さんのことですか？」

勘兵衛が一度は側室にしたいと思ったほどのいい女だ。それを喜与はわかっている。

「お呼びいたしましょうか？」

「呼んでからくるようではおもしろくない」

「そんなわがままを仰《おつしや》って殿さまらしくございません」

喜与に叱られる。

「お嫁になど出さずに、お傍に置かれればよろしかったのに……」

「それではそなたが……」

「あら、わたくしがお駒さんのことで何か申し上げましたか？」

「何も言わないが……」

「殿さまが寂しくなったのは、喜与の責任でございますか？」

「そうでないこともない……」

「まあ、ひどいことを、それでは鬼屋に行きまして、お駒さんを取り返してまいります」

「そうは言っていないではないか……」

「同じことのように聞こえましたが？」

「ちょっと遊びにくればいいのだ。長五郎め……」

「お滝殿を呼びましょうか？」

「お滝？」

「ええ、お滝殿にそう仰れば、鬼屋夫婦は飛んでまいりましょう」

「そうだな。お前から言っておけ……」

「畏まりました」

近頃の勘兵衛は気が短く、わがままになったと喜与は思っている。

翌日、鬼屋長五郎とお駒が奉行所に飛んできた。やはり、呼び出しもなしに奉行所に顔を出すのは少々敷居が高い。

鬼の長五郎はニコニコと気持ち悪いほど機嫌がいい。勘兵衛に見せたいものがあってうずうずしていたところにお滝が言ってきた。

長五郎は待っていましたとばかりに奉行所に飛んできた。

「どうした長五郎、腑抜《ふぬ》けのような顔をして？」

「やはりそう見えますか、実はそうなんでございます。すっかりお駒に腑抜けにさせられまして困りました……」

そう言いながら長五郎が着物の袖を上げ、知らぬふりして左の二の腕をさすった。

「長五郎、そんなところに彫り物があったか？」

「気づかれちまったようで、そうなんでございます」

気づかれるようにわざと捲《まく》り上げたのだから、見てくれと言っているようなものだ。

「お奉行さま、目の穢《けが》れでみっともないもので、汚ねえ墨なんですが、見てやっておくんなさい……」

そう言いながら、自慢げに二の腕を勘兵衛に見せた。

喜与とお香も行儀悪く覗き込んだ。

そこには暴れ馬の絵と駒の文字が彫ってある。

「万蔵の嫁が勧めるものですから、このようなことをやってみました」

「暴れ馬のお駒か？」

「お奉行さまもそう読みましたか？」

「そうもこうもない。それは明らかにお駒の彫り物だろう」

その時、うつむいているお駒が微《かす》かに笑ったのを見て、勘兵衛はお駒の腕にも墨を入れたのではないかと疑った。

お前ら二人はいい年して馬鹿かと言いたい勘兵衛だ。にやにやしやがって、いい加減にしやがれと伝法《でんぽう》になりそうだ。

「お駒……」

「お奉行さま、お駒を叱らないでおくんなさい。お京とわたしが勧めたので、お駒はお奉行さまに叱られると言ったのですが……」

実はそうなのだが、墨を入れてからは気に入っているお駒なのだ。

勘兵衛は渋い顔だ。

お駒に見せろともいえず不機嫌になる。

「お奉行さま、鬼屋は万蔵に任せてお駒と隠居いたします」

「隠居？」

「品川の海の見える景色のいいところに隠居所を建てようと考えております」

「品川、遠いではないか？」

「やはり遠いですか、お奉行さまはどの辺りがいいと？」

「そうだな。上野か溜池あたりがいいだろう」

「た、溜池はお奉行さまのお屋敷でございますが？」

お駒が顔を上げて勘兵衛を見る。

「お駒を返せと言っているのではない。あまり遠くに行くなということだ」

「そうですか、それでは品川は考え直します」

ドキッとした長五郎はもうお駒を勘兵衛に返す気などさらさらない。

二人の男に好かれたお駒は困った顔だ。

お駒が嫁に行って気落ちしている男がもう一人いた。上野の商人宿の直助だ。七郎《しちろう》とお繁にすべて譲っての隠居だが、お繁の手伝いをしながらお駒と奉行所の仕事をしてきた。

お駒の顔を見られなくなってがっくり気落ちしている。

「おとっつぁん、鬼屋さんに行って来たら、お駒さんが喜ぶと思うけど……」

お繁が見かねて気の毒そうに言う。

「お繁、用もないのに鬼屋の前をブラブラできめえ……」

「そんなことないよ。久しぶりに顔を見に来たと言えばいいじゃないの？」

「そんなこと言えるか……」

「だって会いたいんでしょ？」

「そりゃ会いたいが、鬼屋に行くのはな……」

嫁に行ったのだから仕方ないと思うしかない。なんとも寂しい話だ。

この頃、円明寺の賭場が厳しく取り締まられ、盗みなど悪さをする小悪党が五人ばかり捕縛された。

もう一つの市原一馬の事件も厳しく調べられ江戸から追放された。

抱えていた事件が解決して一息ついた時、浅草の大川端に死体が引き上げられた。

いち早く駆けつけたのは益蔵で、しばらくして黒川六之助と大場雪之丞が現れた。野次馬が十四、五人集まってひそひそと話している。

河原では死体に筵《むしろ》がかけられていた。

その筵をめくって、六之助と雪之丞が死人の顔を確認する。

「身元は分かるのか？」

「このような男はこの辺りでは見かけません。上の方で首を絞められ、川に放り込まれたものと思われます」

「この手足から見ると、力仕事をしてきた男とは思えない」

手足はきれいで優男《やさおとこ》風の死体だ。その時、雪之丞が死体は首を絞められただけでなく、腹に深い傷があるのに気づいた。

「これは匕首《あいくち》の傷だな？」

六之助と益蔵が覗き込んだ。

「首を絞めながら刺したか。一人では無理な犯行ということになる。犯人は二人以上ということか？」

「さようで……」

死体に不慣れな益蔵は刺し傷を見逃した。

その益蔵が男の持ち物など手掛かりになるものがないか、隅々まで調べたがそのようなものは何一つ残っていない。

そんな大川端の騒ぎを、逢引茶屋の窓から見ている男がいた。

「あれは、昨夜殺された忠作《ちゆうさく》じゃねえか？」

「お頭、嫌ですよ。窓を閉めておくんなさいな？」

「冷てえ女だな。乳繰《ちちく》り合ったんじゃねえか、手ぐらい合わせてやってもいいんだぜ、こんなところに上がるとは、おめえを追ってきたんだろう」

「よしておくんなさいよ気持ち悪い！」

女が怒って布団《ふとん》に潜り込んだ。

窓から見ている男は、忠作を殺せと命じた万之助《まんのすけ》という。女はその妾《めかけ》でお沙和《さわ》といった。お沙和は性悪《しようわる》で万之助の子分の優男で下っ端の忠作とできた。

そんな危ない火遊びはすぐ発覚する。

お沙和に夢中になった忠作は江戸に出てくるとすぐ殺された。首を絞めたのは万之助の子分だが、刺したのは万之助だった。

それが、二人の遊んでいる逢引茶屋の傍に上がったのだから薄気味悪い。

布団から白い腕が伸びると万之助の着物を引っ張った。

「ねえ、いつまで見ているのさ？」

「ああ……」

窓を閉めると、万之助がお沙和の傍に転がった。

「まだ、追ってくるとは馬鹿な野郎だ」

「そんなこといいからさ……」

お沙和は万之助の着物をむしるように剝《は》ぎ取ると覆いかぶさってきた。

「死んだ奴なんかどうでもいいじゃないか？」

「おめえも浮かばれねえ女だな」

「ふん、お頭と一緒だよ」

お沙和は強情な女で、色の一人ぐらい死んでも平気なのだ。

万之助一味は八王子の高尾《たかお》に巣を作っていたが、江戸で仕事をしようと出てきたばかりだった。

大川の少し上流、橋場《はしば》の渡し付近に隠れ家を構えた。墨田川《すみだがわ》の渡しの中では最も古い渡し場で、承和《じようわ》二年（八三五）頃には住田《すみだ》の渡しといった。

近くに近江《おうみ》の白髭《しらひげ》神社を勧請《かんじよう》した神社があり、白髭の渡しなどともいう。

その白髭神社の傍に万之助一味の隠れ家がある。

万之助とお沙和は浅草寺のお詣りに来て、噂に聞いた逢引茶屋で遊ぼうと洒落込んだのだが、まさかの死人騒ぎに驚いた。それも自分が殺した子分だった。

「縁起でもねえが、まあ、いいか？」

「気にしないさ、ねえお前さん……」

猫なで声のお沙和に万之助はブルッと震える。だが、二人とも血を見ると興奮する質《たち》なのだ。これまで大きな仕事はしないが、三、四人を殺して、三十両、五十両の小判をあちこちから奪ってきた。

百両も奪えば豪勢な遊びができた。

忠作を殺したので一味はお沙和を入れて五人になった。

一味に金食い虫の浪人はいない。殺しには一人ぐらい浪人がいれば都合はいいが、金だけでなく何んだかんだと浪人は面倒くさい。

万之助一味は、そこそこ小判を持って江戸に出てきたから、慌てて仕事をする必要もなくあちこち遊びまわっている。万之助とお沙和はいつも一緒だが、三人の子分は岡場所などに入り浸っていた。

隠れ家に寄りつかない。

万之助やお沙和に何か言いつけられるのが嫌だ。

そんなものぐさたちで、岡場所や娼窟《しょうくつ》で女を抱いていれば上機嫌な連中だった。

大川東岸の寺島《てらじま》村にある白髭神社は、天暦《てんりゃく》五年（九五一）にこの地に祀《まつ》られたというから古い。向島《むこうじま》白髭大明神《だいみょうじん》などともいう。

その白髭神社の別当寺《べっとうじ》である蓮花寺《れんげじ》の裏手の百姓家が隠れ家だ。周囲は雑木林と畑が広がっている。水田も田植えが半分以上終わっていた。

この蓮花寺は真言宗《しんごんしゅう》で、川崎大師《かわさきだいし》、西新井《にしあらい》大師と並んで寺島大師といい、江戸の三大師と呼ばれている。お大師さまの信仰は江戸でも盛んだった。

お沙和はお頭と呼んでみたり、お前さんと呼んだり、万之助さんと呼んだりで、複雑な二人だった。

その二人はさすがに死体騒ぎが嫌で、早々と逢引茶屋から出ると橋場の渡しから白髭大明神の隠れ家に戻って行った。

隠れ家にいる時は奥の部屋から出てこない。

「野郎どもは隠れ家に寄りつかねえな？」

「高尾や八王子じゃいい女がいないからでしょう。仕方ないさ……」

「そうか、ひと月も遊べばいいいか？」

「ええ、江戸じゃ長居は無用だ。仕事をしたらサッサと高尾に帰ろうよ」

「奉行所か？」

「怖いという噂だもの……」

二人は浅草から戻って毎日隠れ家でゴロゴロしていた。

大川に浮かんだ死体の手掛かりは何もなく、益蔵だけが浅草より上流の村々を聞き込んだりしていたが、芳《かんば》しい手掛かりは何もなかった。

大川の上流と一口で言っても、益蔵が一人で回り切れるほど狭くはない。

その東岸と西岸を調べるには日にちがかかる。

「気長にやれば何かわかることもあるから……」

「ああ、今日は橋場の渡しの上の方を回ってみる」

益蔵はお千代に送り出されて探索に出かける。

一日中、足を棒にして地味な聞き込みを夕方まで続けた。そんな益蔵にお千代が子分を探してきた。

鶏太《けいた》というお千代好みの男っぷりのいい若い男だ。

お千代の茶屋に手伝いにくるお信に惚れたようで、ちょくちょく顔を出す。

「お前さん、暇そうだね、ご用聞きの手伝いをしてみないかい？」

お千代が声をかけると二つ返事で引き受ける。

「おいらは大工なんだが、筋が悪くて上達しねえ。親方もおめえは左官の方がいいんじゃねえかと言うんで、考えていたところなんで……」

「幾つだい？」

「十八になりました」

「お信を好きなのかい？」

「好きというか、おっかさんに似ているようで……」

「そうなのか、好きなのかと思っていたよ？」

「好きです……」

「だけどお信はもうすぐ四十だよ」

「そんなには見えないけど……」

何んとも純朴ないい男だ。真面目な益蔵とピッタリだと二代目鮎吉の正蔵に話し、先方の親方に話をつけてもらい、益蔵の子分に譲り受けた。

「鶏太、行くよ!」

「へいッ!」

益蔵は一気に景気がついて、似た者親子のような恰好で鶏太と仕事に出かけた。そんな益蔵をお千代は気に入っている。

二代目鮎吉の正蔵は益蔵とお千代をいっしょにさせて御用聞きにした。

これがうまくいった。

正蔵の思惑通り、お千代はなかなかのしっかりもので、浅草寺境内に茶屋を持ち、年下の益蔵をビシッと尻に敷いている。益蔵も器量よしのお千代にぞっこんで、尻に敷かれても気分が良さそうなのだ。

世間では割れ鍋《なべ》に綴《と》じ蓋《ぶた》などと言うが、夫婦というものは人のわからない裏があるもので、見た目とは逆だったりする味なものである。

益蔵もビシッと尻に敷かれているが、なかなかの粘り腰で、亭主として大切な夜の主導権は握っていた。

益蔵の親分である正蔵は、北町奉行米津勘兵衛を後ろ盾に、今では押しも押されもしない浅草の大親分なのだ。初代鮎吉に見込まれ、その娘の小梢と結婚して二代目鮎吉になり、百人を超える子分を引き受けた。

大川こと墨田川を行き来する荷を運ぶ舟や、江戸の海にも出る船を抱えて、何んでも呑み込む悪食《あくじき》な江戸の物資を支えている。

その子分たちは気が荒く、初代鮎吉も二代目も盗賊上がりの男だった。初代の一の子分定吉《さだきち》が切れ者で、正蔵の傍にいて支えている。

人々は鮎舟《あゆぶね》とか鮎舟屋などと呼んでいるが、初代鮎吉の屋号は甲州屋《こうしゅうや》なのだ。だが、川や海の仕事をするのに甲州という山の名前は相応しくないと、初代鮎吉が使うのをためらった屋号なのだ。

正蔵は甲州屋でもいいと思うが、小梢が嫌がるので、鮎舟という鮎でも取っている漁師のような屋号になりつつあった。茶屋のような粋な女好みの屋号だ。

小梢と叔母のお昌が好きならいいだろうと正蔵は気にもしていない。そんな正蔵の子分たちは遊び好き喧嘩好きだ。

酒を飲んでは喧嘩、女を抱きに行っては喧嘩、兎《と》に角《かく》気が荒い。

そんな中に五十七《いそしち》という妙な名の男がいた。いそしちというのだが誰もそうは呼ばない。父親が五十七の時にできた子で鬼子だったという。

嘘《うそ》か本当か誰も知らない。

この五十七が無類の喧嘩好きで鬼七《おにしち》と呼ばれていた。体も大きく強い。仕事は人の倍はする。正蔵の気に入りの子分だ。

「おめえは喧嘩さえしなければいい男なんだがな？」

定吉が叱るが効き目がない。

「兄い、おれから酒と女と喧嘩のどれ一つを取っても死んじまうぜ！」

「馬鹿なこと言ってんじゃねえぞ、飲んだ勢いで殴り殺したらおしめえだからな、わかっているのかてめえ！」

定吉に口ごたえしてコツンとやられる。

「兄い、わかっておりやす、手加減しておりやすんで……」

「てめえ、この間は半殺しにしたじゃねえか、馬鹿たれが！」

「すまねえ……」

鬼七の喧嘩の後始末に定吉は辟易《へきえき》している。相手に大怪我をさせることがしょっちゅうなのだ。酒の上の喧嘩だからと誰もが甘い。定吉だけはコツンとやる。自分から定吉に「思いっきりやっておくんなせえ……」と、頭を差し出すいいところもある鬼七なのだ。

その鬼七には、浅草の岡場所に、相思相愛の千鳥《ちどり》という可愛らしい女がいた。小柄で鬼七の半分ほどしかないが、気立てがよく誰からも好かれていて、鬼七と夫婦約束をしている。

常連の客は鬼七を怖がって千鳥と遊ばない。

鬼七は毎日のように千鳥のところに通ってきた。

その千鳥を争って何人もの男が鬼七に挑戦したが、ことごとく殴り倒された。

そんな強い鬼七に千鳥は身も心もどっぷりで、戦いに敗れた連中は、地獄の鬼に豆観音などと悪口をいう。

定吉もそれを聞いて笑ってしまった。

「地獄の鬼に豆観音とはよくいったものだ……」

鬼と豆観音は仲がいい。

「お前さん、今日も早く来てくれる？」

「おう、あたりめえよ。おいらはおめえのために働いてんだぜ、暮れ六つ（午後六時頃）にはすっ飛んでくらあ、思いっきり抱いてやるからな！」

「うん！」

そんな様子を千鳥の親方は渋い顔で見ているが何も言わない。

余計なことを言えば、鬼七に二、三間もぶっ飛ばされる。

その親方は定吉から「鬼七のことは放っておくんな、そのうち親分に話すから……」と言われている。

「千鳥を鬼に独占されると商売にならねえんでござんすよ。この頃、千鳥も他の男を相手にしたがらねえんで……」

親方が定吉に泣き言を言ったことがある。その親方も、鬼七に文句を言って殴られたことがあった。

そんな事情を知らずに、千鳥に声をかけた重松《しげまつ》という大男がいた。

千鳥は相手にしなかったが、その男はしつこく絡んで酒に誘ったり、あわよくば千鳥を抱こうという魂胆で近づいていくのを、周りの男たちは見たことのない野郎がおもしろいことをしやがると見ている。

一触即発、夜になると岡場所に殺気が漲《みなぎ》った。

誰もが鬼七が黙っていねえと思っている。

重松は乙羽《おとは》という女のところに居続けで、千鳥にも手を出そうというのだから、女たちや男どもから嫌われた。

「ふてえ野郎だ！」

「今に地獄の鬼に殴り倒されるぞ……」

「あの野郎も大きいし強そうだ？」

「てめえ、どっちの味方だ！」

「鬼七に決まっているだろう」

岡場所は宵《よい》の口から、鬼七と重松という新参者の喧嘩の話で持ち切りだった。

それでいて親方は違うが乙羽と千鳥は仲がいい。苦界《くがい》の女は同じような不幸を背負っていて相見互いなのだ。

第二十章　独楽鼠《こまねずみ》

日が長くなって、暮れ六つでもまだ明るい暑い日だった。

鬼七と重松が岡場所のど真ん中で鉢合わせした。じりじりと蒸して、誰でも不機嫌になるそんな日がある。

「おい、重松、挨拶しねえか！」

鬼七の方から因縁をつけた。人を何人も殺してきた冷たい目で重松がにらんだ。

「なんだ、てめえは？」

「おれを知らねえとは潜《もぐ》りの鼠《ねずみ》だな、てめえ……」

「なにッ！」

「千鳥の亭主だ！」

「てめえが鬼七か？」

「知っているようだな。洒落た真似をしてくれるじゃねえか重松！」

「うるせいッ、女は売りもの買いものだ！」

「馬鹿野郎ッ、てめえはまともじゃねえ外道だな。悪党が！」

鬼七は重松の正体を見破った。血の匂いのする男だと思ったのだ。

「血の匂いがプンプンしやがる。薄汚ねえ野郎だ！」

「くそッ！」

言い当てられた重松の顔色が変わって懐の匕首を抜いた。

「やはり人殺しだな、てめえ！」

「覚悟しやがれ！」

「汚ねえぞ人殺しッ！」

「刃物なんぞ出しやがって卑怯《ひきよう》者ッ！」

周りを囲んでいる野次馬が騒ぎ出した。丸腰の鬼七に匕首を向けた重松を許せない。女をめぐる喧嘩は素手でやるものだ。そうやって決着してきた。

「重松ッ、刃物を捨てろッ！」

「馬鹿野郎ッ！」

「汚ねえぞ重松ッ！」

野次馬が重松は卑怯だと怒り出した。匕首に素手では鬼七が圧倒的に不利だ。

「刃物を捨てねえかッ!」

「うるせえッ!」

重松が野次馬に言い返す。野次馬を敵に回すと具合が悪い。

「鬼七ッ!」

野次馬から鬼七に棍棒《こんぼう》が飛んで行った。

「それで、野郎を叩き殺せ!」

「有り難てえ!」

棍棒を構えると匕首と五分になった。

「やっちめえッ、叩き殺せッ!」

野次馬も乱暴なことを叫ぶ。鬼七がニヤリと笑う。野次馬が味方に付けば心強い。

二人の戦いは岡場所の狭い小路で始まった。

棍棒対匕首である。

三尺あまりの棍棒を持つ鬼七が逆転して有利になった。

「さあ、来やがれッ、人殺しッ!」

「てめえ！」

二人はにらみ合って間合いを計っている。

鬼七は棍棒一撃で倒したい。重松は匕首で一突きにしたい。

一間半ほどの間合いで左へ左へとゆっくり回る。

「ほら、来やがれッ！」

誘うように鬼七が棍棒で突くと、それをかわして重松が襲い掛かる隙を狙う。

その勝負は一瞬だった。

重松が踏み込んで鬼七の胸を袈裟《けさ》に斬り上げた。その瞬間、鬼七の棍棒がバキッと重松の脳天に振り下ろされ、つぶれるように地面に顔から突っ込んで重松が倒れた。

「チッ、斬りやがった……」

傷は一尺ほどで血がだらりと流れた。

「くそッ、これしき……」

べったりと血に染まった手のひらを見て、腰砕けのようにその場に転がった。

「鬼を運べッ！」

「医者を呼んで来いッ！」

鬼七は両側から担がれて千鳥の部屋に運ばれて行った。

そこに見廻りから戻った益蔵と鶏太が駆けつけて、息を吹き返した重松がぐるぐるに縛り上げられた。

二代目の正蔵と定吉、金太たちが駆けつけて大騒ぎになった。

黒川六之助と松野《まつの》喜平次《きへいじ》も現れた。

何も喋《しゃべ》らない重松を、六之助は奉行所に連れて行くように益蔵に命じる。

「二代目、五十七が斬られたそうだな?」

「黒川さま、大丈夫でございます。血の気の多い野郎で、四、五日で治ります」

「刺されたのではないな?」

「胸を五、六寸斬られただけです」

定吉が言う。

医者と千鳥が鬼七の手当てをしていた。鬼七はあまりの出血に、血みどろの自分の手を見て卒倒したが、千鳥に抱かれるとじろりと目を開けた。

「痛い?」

「痛くねえ……」

「ほんと?」

「少し痛《い》てえ……」

「ひどく血が出たんだよ」

「うん、死ぬかと思った」

「五十七、おめえは殺されたって死にゃしないよ」

医者が皮肉を言ってニッと笑う。

「親分、ここはあっしがやりますんで……」

定吉が正蔵に言って騒ぎが収まってきた。

捕縛された重松は、鶏太に縄尻を握られ奉行所に向かう。後ろから益蔵と同心の六之助と喜平次が歩いて行く。

「お奉行さまによろしくお伝えください」

同心二人に正蔵が頭を下げる。

「二代目、あの重松という野郎は叩けば何か出てきそうだ」

「わしもそのように見ました。なかなかいい匕首のようで?」

「これか?」

六之助が、益蔵が持っている匕首を受け取って抜いた。

「なるほど、脇差のように長いな……」

「柄《つか》の汚れを見ると、ずいぶん血を吸っていると思われます」

「血か？」

「おそらく、一人や二人の血ではないでしょう」

「よし、全部吐かせてやる！」

六之助も重松は相当な悪党だと見た。

正蔵はこんなもので刺されたら、鬼七でもひとたまりもないと思った。

「なにかわかればお手伝いをいたします」

「お奉行にそのようにお伝えする」

「厄介をおかけいたします」

正蔵は、与力、同心にも丁重だ。

奉行所に引っ立てられた重松は強情で一言も口を利かない。

「秋本、重松に石を抱かせろ、容赦《ようしゃ》するな！」

半左衛門は砂利敷のふてぶてしい重松をにらんでいる。

「朝までじっくり責めてみろ、相当な悪事を吐くはずだ。すぐは死にたくないだろう」

「承知いたしました」

秋本彦三郎の調べは甘くない。拷問の名手だ。じわりじわりと石抱き、木馬、駿河問状《するがもんじょう》で追い詰めて確実に吐かせる。

最初は一枚の石の板を抱かせることから始まった。

正しくは算盤責《そろばんぜめ》とか石責という。拷問の前の牢問として行われる。

十露盤板《そろばんいた》と呼ばれる三角の木を並べた台に正座させ、前かがみにならぬよう後ろの柱に縛りつける。

太股の上に伊豆石《いずいし》という長さ三尺、幅一尺、厚さ三寸、重さ十二貫の石を載せる。一枚から四枚を一気に乗せて痛さと恐怖を覚えさせ、次からは一枚ずつ載せて恐怖を呼び起こさせる。

一枚、二枚は叫喚号泣切歯《きょうかんごうきゅうせっし》、髪を振り乱して苦悶《くもん》と戦うが、四枚を載せると痛さが消えたりするので、痛さが長引くようにゆっくりと一枚ずつ載せる。

痛みが消えて挙動不審になると死んでしまうので、中止して牢に引きずって戻す。数日間、牢内で回復させてまた繰り返す。

重松は三枚載せられたところで耐えられなくなった。

秋本彦三郎の石抱きは実にゆっくりで、足の骨が砕けるような痛みが背骨を這《は》い上がってくる。三枚は足が麻痺《まひ》するまで痛みが最高潮になった。

「いうッ、白状するッ、石を取ってくれ……」

「白状が先だ。お前は盗賊だな?」

「そうだ……」

「人を殺したか?」

「だんまりか、いいだろう。もう一枚石を用意しろ……」

罪を認めるか厳しい問いだ。

「待てッ、殺した!」

「何人だ?」

「一人……」

「石を持ってこい!」

「ふ、二人……」

「石を二枚下ろしてやれ!」

少し楽にしてやる。話をしやすくしてやった。

「素直に喋ればみな下ろしてやる。江戸で仕事をするつもりだな?」

重松が観念したようにうなずいた。

「お前の頭はどこにいる?」

ガクッとうなだれて沈黙する。

「また、だんまりか、石を載せると痛いぞ。いいのか？」

白状するか重松の顔を覗き込む。

「石を一枚載せろ！」

「白髭神社の裏……」

「寺島村か？」

重松が素直にうなずいた。

「牢に戻せ！」

重松はすぐ牢に戻され、白状した内容が半左衛門から勘兵衛に報告された。

夜のうちに藤九郎と同心三人が浅草に走った。

正蔵の舟が用意され、藤九郎と同心三人が寺島村に渡り、その後を追って定吉、益蔵、鶏太が大川を渡った。

その頃、大怪我をした鬼七は、千鳥が嫌がるのに強引に抱いていた。

まるで不死身の鬼の仕業だ。

隠れ家には万之助とお沙和しかいなかった。藤九郎はすぐ踏み込まずに、隠れ家に動きが出るのを待った。灯りもなく、重松の事件を知らないのか、既に逃げたのか闇の中で静まり返っている。

藤九郎は川向こうの事件を知って逃げた訳ではないと読んだ。

夜明けの早い時期で東の空が焼けると、たちまち青い空が広がって明るくなってきた。それでも藤九郎は動かない。

そんな時、朝帰りの子分が、ふらふらと暢気《のんき》そうに歩いてきて隠れ家に入った。

「よし、行こう！」

裏に二人が回り、表から林倉之助が踏み込んだ。

藤九郎は表にいた。そこにお沙和が飛び出してきた。いきなり益蔵と鶏太が飛びかかって取り押さえる。

「放せッ、てめえッ、この野郎ッ！」

お沙和は騒がしく喚いたが、縛り上げられると観念しておとなしくなった。

隠れ家の中から万之助が裏に飛び出したが、本宮長兵衛に峰打ちを食らって取り押さえられた。

万之助の子分が倉之助に引きずり出された。

一人足りないことがわかっていて、林倉之助と定吉、益蔵、鶏太の四人が寺島村に残り、その日の夜遅く、遊びから戻った一人も捕縛されて事件が決着した。万之助とお沙和が、秋本彦三郎の拷問ですべて白状、押し込んで殺した人数が二十人を超えていた。

奪った小判も七百両あまりだった。

この事件には後日談がある。

不死身の鬼七は、怪我が治ると二代目に呼ばれた。鬼七は喧嘩を叱られるかとびくびくしている。正蔵と定吉がにらんでいる前に座った。

「五十七、おめえ、千鳥をどうするつもりだ？」

「千鳥はおいらの女房で……」

「馬鹿野郎、千鳥の親方が商売にならねえと、てめえを怒っているんだ！」

定吉が怒った。

「兄い、おいらはきちっと銭を払っているんだぜ。一文も誤魔化《ごまか》したことはねえよ……」

「お前は馬鹿か、親方は千鳥が客を取らねえといって困っているんだ。まさか、お前が千鳥にそうさせているんじゃねえだろうな？」

「そんなことしねえ、客は取ってもいいと言っているんだ。おいらに千鳥を一日買い切る力はねえ……」

寂しそうに鬼七がいう。

「千鳥は可愛いからいい値なんだ。親方は儲《もう》けているんだぜ、兄い……」

「あたりまえだ。それが商売だろう」

「そうだけど、あの野郎……」

「お前、親方を殴ったことがあるそうだな？」

「無理矢理、千鳥に客を取らせやがったんだぜ！」

正蔵が二人の話を黙って聞いていた。

「おめえ、岡場所の商売を知っているのか？」

「ああ、女を売るところだ」

「そうだ。千鳥は男か？」

「兄い、千鳥は飛び切りいい女だぜ、変なこと言わねえでおくんなせい……」

鬼七にとって、千鳥は他の女とは別なのだ。

「千鳥は女か、それなら売りものだな？」

「うん……」

「それならしばらく岡場所に行くな！」

「兄い、それはひどいよ！」

鬼七がたちまち泣き顔になった。

「それはないよ。銭なら倍でも払う。あの親父に謝るから千鳥と会わせてくれ、兄い……」

定吉に手を合わせて懇願する。

「五十七、おめえは捕り物が好きか？」

「益蔵兄いのような仕事のことかい、親分？」

「そうだ……」

「親分、やりてえ、益蔵兄いが羨《うらや》ましいと思っていたんだ」

「おめえ、御用聞きになれば喧嘩はできねえぞ。喧嘩をすればおめえが牢に入ることになる。わかっているのか？」

定吉が心配そうに言う。

正蔵はこのままでは鬼七が喧嘩で人を殺しかねないと思ったのだ。

「喧嘩はしねえ！」

「殴られても殴り返さないか？」

「殴らねえ！」

「益蔵のように、腹を立てずに辛抱できるか？」

　定吉が一つ一つ鬼七を問い詰める。

「腹は立てねえ！」

「酒は止められるか？」

「止める！」

「今の約束をおめえが守れるなら、お頭は千鳥を身請けしてくれる」

「親分ッ！」

　鬼七が泣きそうな顔になる。

「五十七、わしとの約束を命をかけて守るな？」

「へいッ、必ず守りやす！」

「お前、お頭との約束を一遍《いっぺん》言って見ろ！」

「喧嘩はしねえ、殴らねえ、腹を立てねえ、酒を飲まねえ！」

「もう一遍だ！」

「喧嘩はしねえ、殴らねえ、腹を立てねえ、酒を飲まねえ！」

「よし、毎朝、それを唱えて、お頭と約束しろ！」

「へいッ、そうしやす！」

「定吉、千鳥とあの茶屋を頼む。わしはお奉行さまにお願いしてくる」

「承知しました。鬼七、お頭との約束を破ったら千鳥を取り上げる。いいな？」

「うん！」

「うんではなかろう。今からはいと答えろ！」

「うん！」

「うんじゃねえ、馬鹿野郎ッ！」

定吉がコツンとやった。

「はい！」

ところがこの鬼七が御用聞きになって豹変する。

人には向いてることが必ずあるもので、それに行き当たるかが大切なのだ。五十七こと鬼七が見事にぶち当たった。

数日後、千鳥が身請けされ、しばらく小梢の手伝いをすることになった。その千鳥はちょろちょろと小さな体で、独楽《こま》鼠のようによく働いた。

千鳥の本当の名はお国《くに》という。

しばらくすると、五十七とお国が奉行所に呼ばれた。

二人は正蔵に連れられて奉行所に行くと、半左衛門の部屋であれこれと聞かれた。

「鬼七というそうだな?」

「はい!」

二人は緊張して固まっている。

「お奉行さまのあだ名を知っているか?」

「はい!」

「鬼勘というのだ」

「はい!」

「お前ははいしか言わないな?」

「はい!」

「お国に聞こう。年は幾つだ?」

「十七でございます」

「生まれはどこだ?」

「千住《せんじゅ》宿の先でございます」

「親は健在か?」

「はい、お陰さまで元気でございます」

だ。

「兄弟は？」

「兄と弟が二人でございます」

はきはきとなかなかしっかりしている。半左衛門はこういう賢《かしこ》い子が好きなのだ。

そこに勘兵衛が姿を見せた。

「お奉行さまだ……」

三人が勘兵衛に平伏する。

「五十七とお国だな？」

「はい！」

「奉行所の仕事を手伝ってくれるそうだが？」

「はい！」

「将軍さまの江戸をお預かりする奉行所の仕事だ。失敗は許されない。幾松や益蔵をよく見習って仕事に励むように、お国は五十七をしっかり支えてもらいたい」

それだけを言うと奥に引っ込んだ。

鬼七は卒倒しそうなほど緊張し、定吉から教えられた「はい、はい！」だけを言って帰った。こういうことは女の方が、男よりも度胸があるようだ。
お国はてきぱきと返答した。
傍で見ていた正蔵はそれでいいと思う。

城月の雁

一〇〇字書評

切り取り線

購買動機（新聞、雑誌名を記入するか、あるいは○をつけてください）

□（　　　　）の広告を見て	
□（　　　　）の書評を見て	
□ 知人のすすめで	□ タイトルに惹かれて
□ カバーが良かったから	□ 内容が面白そうだから
□ 好きな作家だから	□ 好きな分野の本だから

・最近、最も感銘を受けた作品名をお書き下さい

・あなたのお好きな作家名をお書き下さい

・その他、ご要望がありましたらお書き下さい

住所	〒				
氏名		職業		年齢	
Eメール	※携帯には配信できません	新刊情報等のメール配信を 希望する・しない			

この本の感想を、編集部までお寄せいただけたらありがたく存じます。今後の企画の参考にさせていただきます。Eメールでも結構です。

いただいた「一〇〇字書評」は、新聞・雑誌等に紹介させていただくことがあります。その場合はお礼として特製図書カードを差し上げます。

前ページの原稿用紙に書評をお書きの上、切り取り、左記までお送り下さい。宛先の住所は不要です。

なお、ご記入いただいたお名前、ご住所等は、書評紹介の事前了解、謝礼のお届けのためだけに利用し、そのほかの目的のために利用することはありません。

〒一〇一 - 八七〇一
祥伝社文庫編集長　清水寿明
電話　〇三（三二六五）二〇八〇

祥伝社ホームページの「ブックレビュー」からも、書き込めます。
www.shodensha.co.jp/
bookreview

祥伝社文庫

初代《しょだい》北町《きたまち》奉行《ぶぎょう》　米津《よねづ》勘兵衛《かんべえ》　城《じょう》月《げつ》の雁《がん》

令和 4 年 8 月 20 日　初版第 1 刷発行

著　者　岩室《いわむろ》忍《しのぶ》
発行者　辻　浩明
発行所　祥伝社《しょうでんしゃ》
東京都千代田区神田神保町 3-3
〒101-8701
電話　03（3265）2081（販売部）
電話　03（3265）2080（編集部）
電話　03（3265）3622（業務部）
www.shodensha.co.jp

印刷所　堀内印刷
製本所　ナショナル製本
カバーフォーマットデザイン　中原達治

Printed in Japan ©2022, Shinobu Iwamuro　ISBN978-4-396-34825-0 C0193

〈祥伝社文庫　今月の新刊〉

五十嵐貴久
愛してるって言えなくたって
妻子持ち39歳営業課長×28歳新入男子社員。一時の迷いか、本気の恋か？　爆笑ラブコメディ。

石持浅海
Rのつく月には気をつけよう　賢者のグラス
一口料理に舌鼓、二口美酒に酔いしれて、三口推理を堪能あれ。絶品ミステリー全七編。

矢月秀作
死桜《しざくら》　D1警視庁暗殺部
暗殺部三課、殲滅さる！　精鋭を罠に嵌め、非業な死に追いやった内なる敵の正体とは？

南　英男
裏工作　制裁請負人
乗っ取り屋、裏金融の帝王、極道よりワルいやつら。テレビ局株買い占めの黒幕は誰だ？

澤見　彰
だめ母さん　鬼千世先生と子どもたち
子は親を選べない。そんな言葉をものともせず、千世と平太は筆子に寄り添い守っていく。

門田泰明
汝《きみ》薫《かお》るが如《ごと》し（上）　新刻改訂版　浮世絵宗次日月抄
悠久の古都に不穏な影。歴史の表舞台から消えた敗者の怨念か!?　宗次の華麗な剣が閃く！

門田泰明
汝《きみ》薫《かお》るが如《ごと》し（下）　新刻改訂版　浮世絵宗次日月抄
古代史の闇から浮上した〝六千万両の財宝〟とは――!?　天才剣士の執念対宗次の撃滅剣！

岩室　忍
初代北町奉行　米津勘兵衛　**城月の雁《がん》**
盗賊が奉行を脅迫。勘兵衛は一味の隙にくさびを打ち込む！　怒濤の〝鬼勘〟犯科帳第七弾。